COLLECTION FOLIO

Erri De Luca

Première heure

Traduit de l'italien
par Danièle Valin

Gallimard

Titre original :

ORA PRIMA

Erri De Luca est né à Naples en 1950 et vit aujourd'hui près de Rome. Venu à la littérature « par accident » avec *Pas ici, pas maintenant,* son premier roman mûri à la fin des années quatre-vingt, il est depuis considéré comme l'un des écrivains les plus importants de sa génération, et ses livres sont traduits dans de nombreux pays.

En 2002, il a reçu le prix Femina étranger pour *Montedidio.*

Préface

Ces pages ne sont pas le fruit d'insomnies, mais de réveils. Tout au long de mes années de vie d'ouvrier, j'ai feuilleté les Saintes Écritures et leur hébreu ancien une heure avant de partir au travail. Il me semblait ainsi saisir un peu de chaque jour nouveau avant qu'il me soit dérobé par la fatigue. Je crois avoir été un des rares ouvriers heureux de sauter hors du lit tôt le matin, car cette heure-là était mon acompte. Encore maintenant, alors que je n'exerce plus ce métier, j'ai gardé cette habitude et cet horaire.

« Comme le berger sauvera de la gueule du lion deux pattes ou un bout d'oreille, ainsi seront sauvés les fils d'Israël » (Am 3, 12). Ce vers du prophète Amos désespérait Sergio Quinzio, mon ami indélébile, car le salut était confié à des restes inutilisables. Moi, en revanche, il m'a réconforté : ces lambeaux d'un jour dévoré étaient un signe que le temps imparti n'était pas totalement perdu. Le berger d'Amos dispute des lambeaux au fauve, car il doit expliquer au propriétaire du troupeau la perte subie. Ce n'est pas sa négligence qui est en cause si la

brebis a disparu, mais l'assaut d'une nécessité majeure à laquelle il a tenté de résister. Mon heure prise au reste de la journée est le bout d'oreille, la patte que j'ai retirée au gaspillage inexorable, grand dévorateur du temps accordé.

Tous les matins, la tête vide et lente, j'accueille les paroles sacrées. Pour moi, les comprendre ce n'est pas les saisir, mais être rejoint par elles, être calme au point de se laisser agiter par elles, dépourvu d'intention au point de recevoir la leur, insipide au point d'être salé par elles. Ainsi, suis-je devenu un hôte chez moi des paroles de l'Écriture sainte. Je restitue en désordre une infime partie du don de pouvoir la fréquenter.

Les traductions de l'Écriture à partir de l'hébreu sont de la responsabilité de l'auteur.

PARTICIPE PRÉSENT

Je ne peux pas dire que je sois athée. Le mot d'origine grecque est formé du mot « theos », Dieu, et de la lettre « a », alpha, dite privative. L'athée se prive de Dieu, de l'énorme possibilité de l'admettre non pas tant pour soi que pour les autres. Il s'exclut de l'expérience de vie de bien des hommes. Dieu n'est pas une expérience, il n'est pas démontrable, mais la vie de ceux qui croient, la communauté des croyants, celle-là oui est une expérience. L'athée la croit affectée d'illusion et il se prive ainsi de la relation avec une vaste partie de l'humanité. Je ne suis pas athée. Je suis un homme qui ne croit pas.

Le croyant n'est pas celui qui a cru une fois pour toutes, mais celui qui, obéissant au participe présent du verbe, renouvelle son credo continuellement. Il admet le doute, il expérimente l'équilibre et l'équilibre instable avec la négation tout au long de sa vie. Certes, il y a des jours où le croyant flanche, peu ou prou, car tel est l'enjeu de la plus difficile des vocations humaines.

Je suis un homme qui ne croit pas. Chaque jour je me lève très tôt, je feuillette pour mon usage personnel l'hébreu de l'Ancien Testament qui est mon obstination et mon intimité. Ainsi, j'apprends. Je sens que chaque jour les bouts de vie que je perds sont compensés par un mot qui vient lentement à la rencontre de mon immobilité et me réconforte par un signe d'intelligence. Tous les jours, la tête vide, je suis devant les lettres hébraïques et j'effleure en elles la distance abyssale entre leur sens et celui que je parviens à saisir. Dans tout cela je reste non-croyant, je reste quelqu'un qui lit à la surface des lettres et qui en tente la traduction selon la plus rigide obédience à cette surface révélée.

Je suis un homme qui ne sait pas s'adresser, qui ne sait pas tutoyer le livre et son auteur. Et puisque je parle de ce pronom « tu », je dois parler de Job, car dans son livre le tu est le point le plus haut de sa relation avec Dieu. On lit à la fin du livre un long monologue de Dieu qui s'adresse à son Job. À la fin, il dit à un des amis qui se sont efforcés de consoler l'affligé : « Ma colère s'est enflammée en toi et tes deux compagnons car tu n'as pas parlé de moi correctement comme mon serviteur Job » (Jb, 42, 7). En quoi les trois amis de Job ont-ils commis une faute, en parlant de Dieu à leur compagnon ? Parce qu'ils n'ont pas parlé *neconà*, « correctement » ? Et pourtant, ils ont développé une vaste théologie, ils ont tenté de faire entrer le malheur survenu à leur ami dans un dessein divin de récompenses et de justice. Ils ont réprouvé les réclamations de leur compagnon et lui ont même reproché sa protestation contre Dieu. Ils ont ainsi au contraire, et carrément, provoqué sa colère.

Job qui a maudit sa naissance et a parlé à Dieu sur un ton blasphématoire (au vers 20 du chapitre 7, il l'appelle *nòtzer Adàm*, « sbire d'Adam », en faisant la caricature sarcastique de *Iòtzer Adàm*, « celui qui forme Adam »), lui, en revanche, a parlé *neconà*, selon Dieu. Car il fait avec Dieu ce que ne fait aucun des autres et qui donne à toute sa contestation, même âpre, un tour correct : il tutoie Dieu. Il s'adresse à lui avec le pronom de proximité, de l'urgence. Il ne le fait pas tout de suite, mais brusquement en plein chapitre 7 par une invocation directe, qui tranche avec ses lamentations précédentes et qui se traduit par un tu impératif, enfiévré et insolent : « Souviens-toi que ma vie est vent. » Ici commence le tu pressant envers Dieu, le tu frontal qui le réconfortera et le justifiera. Le tu est le seul pronom qui convient à l'échange entre créature et créateur. Job le trouve au milieu de son épreuve, il ne le possède pas avant. Le tu est le saut du fossé que ses amis réunis autour de lui n'accompliront jamais au cours du livre. Ils restent dans leur retranchement, parlant de Dieu à la troisième personne, ne parlant jamais avec Dieu. Job le fait, il s'expose au danger, au découvert de la deuxième personne, et pour cette raison Dieu s'adressera à lui par le plus vaste discours des Saintes Écritures, après celui du Sinaï.

Au vers qui suit celui de son reproche aux trois amis, Dieu leur ordonne, à eux qui n'ont pas parlé *neconà*, « correctement » (il le répète), un sacrifice d'animaux qu'ils offriront par l'intercession de Job, qui devient pour eux comme un prêtre. Eux qui n'ont pas adopté le tu avec Dieu, qui ont parlé de lui à la troisième personne, devront s'adresser à une troisième personne, à Job, pour transmettre à Dieu l'offrande expiatoire.

Je raconte cette histoire du tu dans le livre de Job, car il est pour moi la profonde différence entre ceux qui croient et les autres. Celui qui croit tutoie Dieu, s'adresse à lui en parvenant à trouver en lui le sens, le hurlement ou le murmure, le lieu, église ou maison ou air libre, l'heure, pour se détourner de lui-même et se placer vers son propre orient. À la lettre, l'orient est le lieu où reconnaître sa propre origine, où éprouver une appartenance et un lien avec le reste du monde créé. Celui qui comme moi ne croit pas peut en parler, car il le lit dans les Saintes Écritures, le rencontre autour de lui dans la vie des autres, des croyants, mais garde la distance abyssale de la troisième personne, qui n'est pas seulement un éloignement mais une séparation.

Les trois amis, et aussi le quatrième, Elihou, venu s'ajouter à la fin de leur entretien et du livre, offensent Dieu, car ils ne s'adressent pas à lui en tant que croyants, mais parlent de lui comme des avocats défendant un de leurs clients. Il est vrai que toute la théologie parle de Dieu à la troisième personne, mais elle possède et pratique, tout en spéculant à son sujet, le tu de la prière, alors que les amis de Job face à sa douleur ne s'adressent jamais à Dieu pour qu'il le secoure, mais défendent toujours la peine et la torture infligées à leur ami, au nom d'une justice infaillible qui ne frappe pas au hasard, encore moins à tort.

Pour Dieu, au contraire, même le blasphème est un tu et il n'est pas considéré comme une faute quand il jaillit en pleine douleur. Car il est écrit que l'Adàm, l'être humain, est tout argile, œuvre d'un artisan qui en est la cause et en partage la responsabilité. Le vers d'Isaïe en est le condensé : « Et maintenant Yod [Dieu] notre père c'est toi, nous l'argile et toi notre potier, œuvre de ta main nous tous » (Is 64, 7). Notre père ici n'est pas en position vocative, exclamative, mais accusative : nous sommes tes fils, produit de ta main, et si nous sommes faibles, c'est parce que tu nous as faits ainsi, avec de l'argile.

Quand cette matière se trouve sous la pression de la douleur, on peut bien se permettre le tu de Job : « Souviens-toi, là-haut, que tu m'as fait comme de l'argile et que tu me feras redevenir poussière » (Jb, 10, 9). Qu'attendait-il d'un ouvrage de terre glaise, d'un pantin vivant ?

Enfin, j'ai appris dans les Saintes Écritures que le néant ne sera pas notre destin, notre version définitive, car nous serons effectivement réduits en poussière, mais nous ne régresserons pas au-delà de cette consistance. Nous résisterons en poussière, dans la matière impalpable qui nous préservera du néant. À l'état de poussière, le moindre souffle de vent nous soulèvera et la plus petite goutte d'eau ranimera en nous la vie et la fera grouiller à nouveau, pour toujours, *leolàm* en hébreu, qui veut dire pour toute la durée du monde.

MAÇONS

Je suis devenu un maçon qui lit les Saintes Écritures. Les Saintes Écritures sont pleines de maçons. Presque aucun livre de l'Ancien Testament n'est dépourvu du verbe *banà*, « construire ». J'ai étudié l'hébreu ancien afin de pouvoir lire ces pages dans leur langue maternelle. Ce fut un petit effort tant de fois récompensé par le bonheur de parvenir à comprendre cette écriture. Comprendre quoi ? Rien de plus que la lettre toute nue. Quant à ses sens infinis, je ne les ai même pas effleurés avec mes maigres moyens de lecteur.

L'Écriture sainte est pleine de maçons. Les plus célèbres et les plus habiles furent ceux qui se mirent à construire une tour-montagne capable d'atteindre le ciel. C'est une petite histoire racontée presque en passant dans le premier livre (que nous appelons Genèse et que les juifs intitulent « Bereshìt »). Elle se passe dans la vallée de Chinéar, sans doute en Mésopotamie, cette île fluviale qu'enserrent les rives du Tigre et de l'Euphrate. Ces maçons devaient avoir les connaissances requises pour prendre le risque d'une construction si énorme dont les fondations plongeaient sûrement dans les abysses du sol. Les travaux étaient déjà très avancés et ils s'en détournèrent, non par lassitude ni pour avoir atteint leurs limites techniques, mais à cause d'une confusion : ils cessèrent brusquement de se comprendre, de parler la même langue. Ce ne fut pas uniquement une privation, mais aussi un don, celui des langues multiples, de l'infinie variété des façons de désigner le même pain, la même vague, et le bruit qu'ils font en s'ouvrant dans les mains ou sur les rochers. Sur le moment, ils ne l'apprécièrent pas. Le livre dit que ce fut Dieu qui les dispersa. Ce fut un licenciement en masse. Personne ne réagit. Ceux qui, comme moi, ont travaillé sur un chantier à l'étranger au milieu d'ouvriers de langue et de peau différentes savent combien il est difficile de se mettre à protester même si l'on dispose d'une langue commune fruste, comme c'était notre cas avec le français que nous maltraitions par des accents invraisemblables. J'essaie de m'imaginer ce qui serait arrivé, lors de notre licenciement, si nous n'avions pu nous comprendre entre nous, Turcs, Yougoslaves, Algériens, Portugais et un Italien, si nous n'avions eu ce brouillon de langue commune en terre étrangère. Nous avons pu ainsi protester, chose impossible pour les ouvriers de la vallée de Chinéar. Ils s'en allèrent donc, ils se dispersèrent.

Et bien sûr, ils oublièrent, en même temps que les mots, le degré élevé de spécialisation atteint dans leur métier : nul n'essaya plus de fabriquer le ciel. Après celui-ci, les hommes ont construit d'autres ouvrages de maçonnerie imposants, mais avec une implantation et un but différents : ils servirent à séparer. Ce furent des murailles autour des villes ou le long d'immenses frontières. Aucune autre construction humaine ne fut si grandiose et visionnaire que cette tour-montagne conçue pour réunir les bords irréductibles du ciel et de la terre. Depuis lors, dans chaque construction, dans chaque pierre posée, il existe un peu de nostalgie pour cette entreprise si gigantesque, si propre au métier d'homme et donc si digne d'échouer. Cette construction s'éleva dans la vallée de Chinéar, elle n'est nulle part à présent, le vent l'a désagrégée en poussière et Dieu a brouillé en murmures la langue qui en abrita le projet.

*

Après ce solennel début, on s'en tint à des tâches réalisables. Le plus grand entrepreneur de l'Ancien Testament fut naturellement Salomon qui profita des guerres gagnées par son père David pour ne pas en faire de nouvelles et mettre au service des constructions toute l'inventivité dont il avait hérité. La construction du Temple de Jérusalem et des palais occupe de beaux chapitres du Premier livre des Rois et du Second livre des Chroniques. Mais ce qui est peut-être le plus surprenant pour un lecteur qui a l'œil d'un ouvrier du bâtiment, c'est que Dieu lui-même est maître maçon et devient maçon. C'est ce qu'on lit au neuvième chapitre du livre du prophète Amos : « Ce jour-là je redresserai la cabane branlante de David, je réparerai ses brèches et relèverai ses ruines et je la bâtirai telle qu'aux jours d'autrefois » (Am 9, 11).

Être maçon était un métier estimable, un titre honorifique même. Le prophète Isaïe le prouve lorsqu'il écrit à propos d'un homme juste : « Et je t'appellerai maçon de brèche, celui qui répare les chemins pour vivre » (Is 58, 2). Et lorsque Dieu cherche un homme valeureux, comme il est écrit dans le livre du prophète Ézéchiel, il dit : « Et j'ai cherché parmi eux un homme qui répare un mur et qui se tienne fermement dans la brèche devant moi pour veiller sur le pays sans trembler : et je ne l'ai pas trouvé » (Éz 22, 30).

Pour savoir ensuite comment étaient considérés les outils du métier, rien n'égale le chapitre 28 d'Isaïe dans lequel Dieu, après avoir lui-même posé une pierre d'angle à Jérusalem, dit :

« Et je mettrai un jugement pour corde et de la justice pour fil à plomb » (Is 28, 17). Voilà : dans l'Écriture sainte, construire est important au point que ce verbe en hébreu donne vie au mot *ben*, « fils ». Et quand une femme stérile, Sarah, épouse d'Abraham, avant de mettre au monde Isaac à un âge avancé, offre à son mari sa propre servante Agar pour lui donner ainsi un fils, elle lui dit : « Je serai construite par son intermédiaire. » Je serai construite : cette phrase, Rachel, femme de Jacob, stérile elle aussi, la répète également quand elle donne à son mari la servante Bilhà dans le même dessein. Pour une femme de l'histoire sainte, avoir des enfants est un acte de construction. Maison est un mot important au point de remplacer le mot famille : nous lisons la maison d'Abraham, la maison d'Isaac, la maison de Jacob, pour évoquer toute leur descendance.

Enfin, je dois une certaine gratitude à un passage de l'Écriture sainte, celui de l'invocation des maçons qui reconstruisent le mur d'enceinte de Jérusalem. Elle sonne juste au chapitre quatre du livre de Néhémie et elle dit ceci :

La force manque au manœuvre
et la poussière est grande
et nous n'arriverons pas
à construire dans le mur.

La phrase en hébreu est restée gravée en moi et je l'ai répétée souvent comme une rengaine sur le chantier en exécutant un travail un peu plus pénible que les autres. Elle m'a aidé à régler ma respiration et à me procurer un soulagement physique. Elle sonne ainsi :

Cashàl còah ḥassabbàl
ve heafár arbè
Veanàcnu lo nucàl
livnòt baḥomà.

Ce sens de la valeur du bâtiment qui est enraciné dans l'hébreu des Saintes Écritures m'a appris à donner un peu plus de valeur à mon métier d'ouvrier. Je n'arrive pas à la foi, je m'arrête à la beauté de ses histoires que je lis et relis chaque jour. Je me lève volontiers tôt le matin afin de pouvoir m'offrir une heure de ce livre. Je sors de chez moi avec le sentiment d'avoir déjà fait quelque chose de bien, avant de commencer mon travail.

Je souhaite à ceux qui exercent ce métier de se trouver une bonne raison pour être heureux de sortir de leur lit dans le noir, l'aube encore lointaine, tous les jours de leur vie.

LE DERNIER VENU

Le livre intitulé Siracide du nom de son auteur — Ben Sira, « fils de Sirac » — est un des livres deutérocanoniques, c'est-à-dire de ces livres de l'Ancien Testament ajoutés au canon dans un deuxième temps. Il n'appartient donc pas au groupe de livres sacrés que l'hébraïsme et le christianisme ont en commun.

Au chapitre 33, Siracide s'interroge sur les différences : les jours sont tous sous le même soleil mais Dieu a voulu que certains soient saints et jours de fête et d'autres non. Il en va de même pour les êtres humains : s'ils sont tous fils d'Adam, on distingue entre eux les saints et les maudits. Dans un souci de symétrie, Dieu a placé une chose face à l'autre : le mal face au bien, devant les hommes, sans les priver de choix.

Le livre que nous appelons Ecclésiaste explique déjà que Dieu a placé par couple face à face les bons et les mauvais jours. Dans le livre qui pour nous est le Deutéronome et que les Hébreux appellent « Devarím », Dieu met bénédiction et malédiction devant le peuple. Et en terre de Canaan, Terre promise, il y aura même deux montagnes opposées, le Gherizzím et l'Eval, une pour bénir et une pour maudire. Dieu a laissé l'Adàm libre d'agir. Avant sa transgression dans le jardin d'Éden, un seul arbre détenait la science du bien et du mal. Il y avait unité dans l'innocence. Mais après la transgression, après que l'Adàm a eu connaissance du bien et du mal, l'univers s'est dédoublé et le bien s'est opposé de front au mal. L'être humain jouit de la continuelle et effrayante liberté de choix. C'est sur elle qu'il sera jugé.

Siracide est un écrivain bien ancré dans l'Ancien Testament. Il conçoit la sagesse non pas comme une philosophie, mais comme une intelligence du cœur, celle que Dieu avait accordée à Salomon qui l'en avait ainsi prié : « Tu donneras à ton serviteur un cœur qui écoute pour juger ton peuple et pour discerner le bien du mal » (I Rois 3, 9). Siracide parle de lui-même avec sincérité comme du dernier venu en disant : « Quant à moi, le dernier, j'ai été celui qui grappille derrière les vendangeurs. » Chacun de nous, quand il feuillette les Saintes Écritures, est le dernier venu de ses lecteurs ; chacun de nous passe entre les lignes comme entre les vignes déjà dépouillées, qui ne nous appartiennent pas, mais auxquelles nous sommes admis, car, en tant que derniers, nous sommes les plus pauvres. Et pourtant, un reste de sagesse est encore à portée de la main de qui parcourt attentivement les passages que les vendangeurs et les générations précédentes ont parcourus. Au dernier lecteur aussi, il est donné de trouver le fruit resté, afin de pouvoir ajouter sa note au bout du commentaire infini. Alors, nous pourrons nous rendre compte, avec l'étonnement qui fut celui de Siracide, que la récolte a été abondante et nous pourrons dire avec lui : « Comme le vendangeur, moi aussi qui suis un lent grappilleur, j'ai rempli la cuve. »

L'ESPOIR POUR ABRAHAM D'AVOIR BIEN COMPRIS

Qu'est-il arrivé à Abraham et à Isaac au chapitre vingt-deux du livre appelé Genèse par nous et *Bereshìt* (« In principio ») dans sa langue ? En qualité d'investigateur dilettante, je n'ai d'autre matière de recherche que l'Écriture elle-même pour dégager une piste. La base de départ est un mot minuscule qui se prononce *na* comme la plaque minéralogique de ma ville de naissance. Il est composé de deux lettres, *nun* et *aleph*, et c'est une particule exhortative qui s'ajoute à un verbe. Rashi, grand commentateur hébreu du Moyen Âge, dit que c'est une supplique. Nous en avons une trace dans l'invocation sacrée « hosanna », transposition dans notre langue de *hoshiannà* qui signifie : « Allons, sauve ! » En somme, *na* équivaut à notre « Vas-y ! ». Son usage est démocratique. Élie l'emploie avec son serviteur (I Rois 8, 4) alors qu'il s'est adressé à l'impératif au roi Achab deux vers plus haut. Donc, le *na*, mot hébreu un peu napolitain, n'est pas catégorique mais exhortatif. Il revient à quatre cent quatre reprises dans la langue sacrée et pour la première fois dans la bouche d'Abraham discutant avec Sarah au chapitre 12. Yod, le sigle par lequel je traduis le nom de Dieu composé du tétragramme, Yod connaît bien l'emploi de l'impératif et c'est avec Abraham qu'il l'inaugure justement par un ordre absolu, le célèbre *lèc-lecà* du chapitre douze, vers premier, compensé au vers suivant par la grandiose promesse : « Et je te ferai comme un grand peuple et je te bénirai et je grandirai ton nom. »

Cette promesse doit souligner l'étrange effet produit sur Abraham par le début du propos sur le sacrifice de son fils Isaac. Ce *kaḥ-na*, ce « prends » adouci par *na*, n'est pas un ordre. Il est encore plus étrange d'entendre ici à nouveau Yod prononcer le *lèc-lecà* du début de leur rapport, cet impératif du verbe aller immédiatement suivi de la promesse d'une descendance innombrable comme les étoiles, comme le sable de la mer. Abraham n'entendra ce commandement *lèc-lecà* que deux fois, et donc ce second rappel est lié pour lui au premier qui a fait de lui un voyageur de Yod. Ce *na* de *kaḥ-na* (« vas-y, prends ») aussi lui est familier, car il l'a entendu prononcer par Yod la première fois au quatorzième vers du chapitre treize, après sa séparation avec son frère Loth : *Sa-na,* lui dit Yod, « Vas-y, lève ». Là, il lui dit : « Vas-y, lève les yeux et regarde du lieu où tu te trouves, au nord et au sud et vers l'orient et vers la mer. Car toute la terre que tu vois, je te la donnerai à toi et à ta semence pour toujours. Et je rendrai ta semence comme la poussière de la terre : si un homme pourra compter la poussière de la terre, ta semence aussi sera comptée. » Alors, le *na* de cet ordre du sacrifice d'Isaac sonne aussi comme une confirmation et un rappel de cette promesse de descendance innombrable.

La première conclusion de cette recherche est qu'Abraham sait qu'il s'agit d'une épreuve qui le concerne et ne constitue pas une menace pour la promesse qui lui est confirmée justement par ces signes explicites de référence. Le *na* et le *lèc-lecà* (va-t'en) sont des avertissements sûrs. Ce dernier est rendu encore plus clair par la répétition d'un groupe de trois éléments : comme le premier « va-t'en » a été accompagné par « de ta terre et de ta patrie et de la maison de ton père » ainsi le second va-t'en est attaché au groupe ternaire « ton fils, ton unique, Isaac ». Peut-on avancer qu'une entente existe entre eux depuis le début ? Il existe bien des indices, mais le résultat de cette recherche ne sera pas une affirmation catégorique de leur entente manifeste. Nous ne devons pas dire ce que le livre ne dit pas, car pas un mot ne doit être ajouté à l'Écriture. Nous pouvons seulement nous mettre dans la peau d'Abraham et nous raccrocher à tout ce que nous pouvons pour supporter sa terrible épreuve.

Le premier vers de ce difficile chapitre dit qu'Elohim met à l'épreuve Abraham. Le verbe de cette expérience est *nissà*, qui n'apparaît qu'ici dans ce livre, alors qu'il est largement employé dans Exode/Noms. Mis à l'épreuve, Abraham répond ainsi à la voix qui l'appelle : *hinnéni*, me voici. Dans ce premier vers nous avons le *nissà* d'Elohim et l'*hinnéni* d'Abraham. Ils ont en commun une chose étrange, la valeur numérique : ces mots valent tous les deux cent quinze. Avant même de savoir ce qui se passera, Abraham sait qu'il répond à une épreuve le concernant lui seul et ni sa famille ni la promesse. Il répond *hinnéni*-me voici et c'est la première fois qu'il emploie ce mot ; personne avant lui n'a prononcé ce mot dans la langue sacrée. Les précédents *hinnéni*-me voici sont au nombre de deux et dits par Yod : adressés à Noé, l'un avant le déluge et l'autre après. *Hinnéni* devient dans ce chapitre un mot d'ordre qu'Abraham répétera volontiers pour se donner du courage et se rappeler à lui-même qu'il est au cœur d'une épreuve. La voix qui lui parle lui dit de prendre son fils et de le faire monter comme holocauste sur une des montagnes. Elle ne dit pas de le tuer. Yod peut bien révoquer ses condamnations, mais, s'il s'agit d'une épreuve, alors il ne ment pas pour se dédire ensuite.

Au vers cinq, nous rencontrons les derniers indices. La fin est ce *Nashúva alechèm*, « nous reviendrons vers vous », à l'adresse des deux serviteurs qui ont pris part au voyage des trois jours. Nous reviendrons, à deux donc, non pas seul. Abraham ne dit pas de mensonges, ni ne doit rien expliquer aux serviteurs de ce qui arrivera. Le Talmud, qui n'admet aucune entente préalable avec Dieu, dit qu'ici Abraham prophétise. L'autre indice se situe juste avant, quand il leur dit « et moi et l'enfant nous irons jusqu'ici ». Jusqu'ici, c'est *ad co*, qui est une expression impropre et très rare. Celle-ci permet à Abraham d'invoquer la promesse de Yod du chapitre quinze, vers cinq : « Et compte les étoiles si tu peux les compter. Et il lui dit : ainsi sera ta semence. » « Ainsi » est *co*, valable aussi bien pour « ici » que pour « ainsi ». Dans ce vers figure également le *na*, au début : « Et il le fit sortir au-dehors et dit : vas-y ! regarde vers le ciel » (*habbèt na ashamàima*). Abraham entend ici : nous irons jusqu'à *co*, jusqu'à ce *co*, point de la promesse de la descendance. Il sait que Yod l'écoute et qu'il n'a pas oublié ce *co*. Enfin, Abraham espère, il espère avoir bien compris, avoir su interpréter les passages cruciaux d'une terrible expérience d'obéissance.

Une dernière série de répétitions se trouve dans le *hinnéni*-me voici par lequel il commence au premier vers de ce chapitre. Il en adresse un à Isaac qui l'interroge au vers sept avec cette question terrifiante : « Et où est l'agneau pour l'holocauste ? » *Hinnéni* répond Abraham à son fils, comme pour se répéter qu'il s'agit seulement d'une épreuve, seulement du *nissà* d'Elohim. Il crachera le dernier *hinnéni* libératoire à la fin du vers onze, lorsque l'ange de Yod l'appelle par deux fois, de même que par deux fois il avait été appelé au début du chapitre. L'épreuve d'Abraham se situe entre ces trois « me voici ». Il est beau de voir que celui du milieu est adressé à son enfant, son fils otage d'une épreuve terrible et qui lui est inconnue. Car Abraham possède des repères qui le soutiennent, sans parler de sa foi. Mais Isaac ignore tout.

Même si les indices étaient suffisants pour prouver une entente entre Abraham et Dieu, il n'en reste pas moins l'action d'un homme qui pendant trois journées infinies a erré à la recherche du lieu sur lequel étendre son fils attaché et faire briller au-dessus de lui la lame d'un couteau. Tous les pauvres indices d'un investigateur dilettante sont impuissants face à l'énormité de son obéissance.

Une question pour finir : si la récompense du juste est son action elle-même, quelle récompense y a-t-il pour Isaac, le jeune garçon qui n'a aucune source de réconfort face au couteau dégainé de son épreuve ? Rivkà, Rébecca, dont la naissance est annoncée dans la généalogie qui termine le chapitre de son épreuve, est une récompense. Ce n'est pas une consolation arbitraire mais fondée encore une fois sur la mystérieuse coïncidence de certaines valeurs numériques. Isaac-Itzhák équivaut à deux cent huit et Rébecca-Rivkà à trois cent sept. Pour arriver à Rivkà/trois cent sept, Itzhák/deux cent huit devra gagner la prime de quatre-vingt-dix-neuf, valeur numérique justement de ce *ad co*, de ce « jusqu'ici », hauteur où il restera attaché sur un tas de bois et sous un couteau. À travers ce *ad co*, quatre-vingt-dix-neuf, Isaac parviendra à Rébecca. Sa docilité, son obéissance à son père lui vaudront la main de cette merveilleuse jeune fille. Fin de la recherche d'un investigateur dilettante.

LES CLIENTS DES SONGES

Premier dialogue

Saisi par un songe Pharaon à son réveil
retient la nuit par sa traîne, dans sa gorge une soif
d'interroger les magiciens.
Des vaches et des épis dans ses rêves,
mais personne n'apaise son angoisse
du baume d'une explication.

Fou de vent dans les oreilles
il crie dans les tourbillons de se hâter
avant que n'accoure la suite
pour engloutir vaches et épis.
Pharaon délire de connaître
la charade, l'acrostiche,
l'antipode palindrome du temps.

Loin de la cour le prisonnier
tient le jeu de l'avenir dans ses fers.
C'est lui le roi : l'esclave,
l'innocent, celui qu'on a jeté
dans le puits : le salut.

A et Z se réfèrent à un homme et une femme. J'aime à penser que soit encore possible entre eux une conversation qui passe d'une divergence à une entente.

A — Un écrivain de ce siècle, Elias Canetti, a dit qu'aucun rêve n'est aussi absurde que son interprétation. Je suis ses traces moi aussi, car je crois que les rêves ne veulent rien dire pour celui qui se réveille. Il s'agit plutôt de décharges du cerveau, le déversement d'une chasse d'eau qui le vide.

Z — Tu as une idée un peu fétide des rêves. Moi, au contraire, je pense que ce sont des voix d'une langue que nous n'arrivons pas à saisir. C'est pourquoi les civilisations ont toujours cherché à les comprendre.

A — Mais regarde quel gâchis est parvenue à faire l'interprétation des rêves de ce siècle. Freud les a tous réduits à un cauchemar sexuel, où chacun se heurte à des incestes, des meurtres de géniteurs, comme si nos nuits étaient faites de représentations d'actes de tragédies grecques. Si je dois vraiment donner un sens aux rêves, alors je préfère le bureau de la loterie. Quand j'étais petit, à Naples, capitale de ce jeu, je me souviens des files de gens qui attendaient patiemment leur tour devant le guichet. Ils racontaient leur rêve à l'employé et en déduisaient ensemble les chiffres sur lesquels miser. Ces méthodes n'étaient sans doute pas infondées, puisqu'il y avait parfois des gagnants, pas souvent.

Z — Et les rêves de l'Écriture sainte, tu penses aussi qu'ils n'avaient pas de sens ?

A — Non, mais ils appartiennent à un temps où la divinité parlait continuellement aux hommes. Il y avait des prodiges, des visions, des prophètes et un échange fervent régnait entre les gens et les troupes du ciel. Alors, même les rêves appartenaient à la correspondance miraculeuse. Elle était donc bien juste, cette phrase du Talmud qui dit : « Un songe qui n'est pas interprété est comme une lettre qui n'est pas lue. »

Z — Alors, il y a des rêves pleins et des rêves vides ?

A — Il y a eu des temps pleins et des temps vides. Il y a le temps des Hébreux dans le désert après le passage de la mer Rouge à sec. Ils viennent d'une libération miraculeuse et vivent quarante ans au milieu d'un commerce intense avec le ciel dont ils reçoivent la nourriture de la manne, les lois et où même un nuage est un signe qui montre le chemin. À présent, il y a des temps vides, nul ne sait lire les signes, encore moins les rêves. La ligne de communication s'est rompue, par présomption. Nous nous sentons capables de tout faire seuls, de donner une explication logique à tout, et aux rêves aussi. Mais même dans l'Écriture sainte les rêves n'étaient pas faciles à comprendre. Aujourd'hui, nous connaissons parfaitement le sens des sept vaches grasses et des sept vaches maigres dont rêva Pharaon avec les sept épis pleins et les sept épis vides. Mais alors il ne devait pas être facile d'en venir à bout, puisque tous les experts d'Égypte ne parvenaient pas à les comprendre.

Z — Les magiciens sont tous les mêmes, tous des experts de la révélation réticente, qui fait comprendre sans faire comprendre, qui fait allusion sans se compromettre par des échéances rigides, des détails démontrables. Récemment, un malheureux voyant s'est fait déchiqueter par un tigre : il ne l'avait pas prévu. Les magiciens de Pharaon devaient être imprécis comme tous les magiciens du monde.

A — Ainsi, lorsque Joseph hasarde des prévisions détaillées qui se vérifient ponctuellement, il devient le numéro un. En prison, il avait acquis une certaine réputation en expliquant les rêves de deux fonctionnaires de Pharaon tombés en disgrâce. Il prévoit leur destin avec une exactitude chronométrique. Et donc, on a recours à lui, le prisonnier juif, quand Pharaon brûle de connaître le sens de ses rêves.

Z — Certes, ils étaient difficiles et devaient avoir la forme d'un cauchemar récurrent si Pharaon les rêvait en double. Mais on voit ici la sensibilité des Anciens : Pharaon voit qu'il y a un message, une prophétie envoyée par un Dieu et il remue le royaume tout entier de fond en comble pour trouver celui qui la lui expliquera. Il va jusqu'à libérer un étranger de ses fers, il le fait venir d'une lointaine prison pour lui raconter son cauchemar. Face à l'urgence de comprendre un message divin, les différences entre les hommes tombent et un forçat se trouve à égalité avec un roi. Mais je vois que même au temps des songes pleins, il n'était pas commode de les expliquer.

A — Bien sûr que non, puisque Dieu pouvait ainsi exalter la valeur de l'interprète unique. Joseph dévoile le futur que les rêves annoncent : l'Égypte aura sept ans de grande prospérité agricole, mais elle subira ensuite sept ans de famine. Il propose de construire des entrepôts et des réserves pour thésauriser l'abondance et pouvoir affronter l'état d'urgence qui lui succédera, quand, poussés par la faim, tous les peuples se rendront en Égypte pour acheter leur nourriture. Personne peut-être avant lui n'avait révélé des événements aussi éloignés dans le temps. Les propositions qu'il émet pour faire face à l'urgence lui sont propres. Et donc, Pharaon confie son royaume tout entier à ce sage forçat pour l'exécution de son projet. Il le nomme administrateur délégué de l'Égypte et du futur qui lui a été révélé. Cela montre l'importance que les Anciens attachaient aux songes et leur certitude qu'ils venaient de la divinité.

Z — Il en a fait du chemin, Joseph, depuis ses premiers songes dans la maison de son père. Ces dix gerbes d'épis qui se pliaient devant une seule gerbe avaient rendu fous ses dix frères aînés. Ils l'appelaient *Baàl ḥalomót*, « seigneur des songes ».

A — Cette force perdue des songes se trouve aussi dans l'histoire de cette expression que tu as rappelée. Dans l'Écriture sainte, *baàl ḥalomót* indique la maîtrise des songes. Beaucoup plus tard, ce mot appartiendra à la langue yiddish, se prononcera *balcalòimes* et signifiera simplement un rêveur. Au cours du voyage qui sépare ces deux mots égaux, toute la maîtrise des songes s'est perdue, en même temps que le droit de la posséder. Le *balcalòimes*, le rêveur, les subit, les accueille seulement. Mais le plus grand seigneur des songes dans l'Écriture sainte n'est pas Joseph, c'est Daniel.

Z — Celui de la fosse aux lions ?

A — Celui-là même, le jeune juif emmené en captivité à Babylone sous le règne de Nabuchodonosor. Daniel réussira à accomplir le plus grand prodige de toute l'histoire des interprètes des songes.

Z — Mais pourquoi fut-il jeté en pâture aux fauves ?

A — Ça s'est passé avec un autre roi de Babylone, successeur de Nabuchodonosor. Son crime était toujours de ne pas avoir pratiqué le culte des dieux du lieu et d'être resté fidèle à sa propre religion. Les lions, même s'ils étaient affamés, ne daignèrent pas y goûter. Daniel a cette rare vertu qui est la crainte de Dieu. Pour nous, cette expression sous-entend un homme doux ou vraiment peureux, mais en réalité c'est le contraire. Celui qui craint Dieu ne peut craindre autre chose, il est affranchi de toute terreur terrestre. Daniel prouve qu'il n'a peur ni du feu, ni des lions, ni du bourreau, il ne craint que Dieu, ce qui le rend invulnérable. Le prodige de la fosse aux lions est d'ordre secondaire par rapport à la révélation du songe de Nabuchodonosor.

Z — Pour difficile que soit un rêve, au fond il s'agit seulement de l'interpréter.

A — Bien plus que cela : imagine cette scène. Nabuchodonosor se réveille une nuit, hanté par un cauchemar. Il rassemble ses devins et leur ordonne de le lui expliquer. Les devins se déclarent prêts. Aucun ne parle. Les devins attendent que le roi leur raconte son rêve, le roi attend que les devins devinent. Tu as bien compris : le roi veut que ses magiciens découvrent aussi ce que lui sait déjà, c'est-à-dire le rêve qu'il a fait. Il veut qu'ils devinent cela aussi. C'est sans doute l'unique scène comique de l'Écriture sainte.

Z — C'est inouï. Voilà pourquoi la république est préférable.

A — Les magiciens se regardent mutuellement, croient à une plaisanterie. Jusque-là, personne n'en avait demandé autant à un pauvre devin, personne ne les avait préparés à satisfaire des caprices de ce genre.

Z — Le matin, il arrive parfois qu'on demande à quelqu'un : « Sais-tu ce que j'ai rêvé cette nuit ? » Mais seul Nabuchodonosor a prétendu que ses devins lui répondent : « Oui. »

A — La scène cesse aussitôt d'être comique. Le roi les prévient qu'il leur coupera la tête s'ils ne satisfont pas sa demande. Heureusement, il y a Daniel, juif aimé de Dieu, car même en exil il a su rester fidèle à la religion de ses pères. Après une nuit de veille, il reçoit en don divin toute l'enveloppe du quiz, contenant le texte du songe et son interprétation, question et réponse. Il se rend aussitôt auprès du roi et le lui raconte. Il le tutoie, dans l'Écriture sainte on fait peu de cérémonies. Nabuchodonosor n'a-t-il pas rêvé d'une statue dont la tête était en or, la poitrine et les bras en argent, le ventre et les hanches en bronze, les jambes en fer et, comme une dernière économie sur les matériaux faute d'argent, les pieds en terre cuite ? Et une pierre ne s'est-elle pas détachée d'une montagne pour aller frapper les pieds fragiles de l'ouvrage qui s'est écroulé, finissant en poussière ? Et la pierre n'était-elle pas devenue grande au point de recouvrir toute la terre ?

Z — J'imagine l'air de Nabuchodonosor.

A — Oui, un air de stupeur, mais aussi de terreur. Ce jeune juif avait pénétré son cauchemar, il avait violé sa nuit. Il avait une clé pour les pensées, il lisait dans l'esprit d'autrui comme dans un livre. Il l'avait vraiment cherché, il avait défié l'absurde et se trouvait ouvert comme une pastèque, lu comme un parchemin. Je crois que de toute sa vie Nabuchodonosor n'a plus demandé à quiconque : « Sais-tu ce que j'ai rêvé cette nuit ? » Mais il n'a pas le temps de comprendre son trouble, car Daniel poursuit en donnant l'explication. La tête en or de la statue, c'est lui. Toutes les autres parties du corps sont ses successeurs qui deviendront de moins en moins compétents et seront finalement chassés d'un royaume définitif qui résistera à jamais.

Z — Par rapport au songe de Pharaon qui dévoilait les quatorze années suivantes, celui-ci va bien plus loin, il sonde au-delà de la génération.

A — Oui, c'est une apocalypse, l'annonce de ce qui se passera dans un futur infini. Il est heureux que les temps de la fin ne soient pas ceux de l'or, mais ceux de la pierre qui détruira le dernier royaume humain. Quelque chose de ce genre, une pierre catastrophique, a effacé aussi les dinosaures. Peut-être qu'eux aussi ont été prévenus par un songe.

Z — Et comment réagit Nabuchodonosor ?

A — Par une sorte d'évanouissement : il s'incline jusqu'à terre devant Daniel, il sait qu'il vient d'assister à un prodige de révélation unique. Lui aussi, comme Pharaon, offre de hautes charges au prisonnier juif qui lui a fait entrevoir le futur antérieur.

Après cette démonstration de maîtrise totale du fruit du rêve, après l'Écriture sainte, les nouvelles manières d'exprimer le suc des visions nocturnes me semblent des expériences de petit chimiste. De seigneurs des songes nous sommes tout au plus devenus des clients.

Z — Mais même si ces rêves si pleins de futur revenaient, il n'y aurait pas le moindre Joseph ou Daniel capable de les comprendre. On ne peut pas toujours avoir des interprètes inspirés, il faut se contenter de personnes moins douées, moins élues. Et puis, ce n'est pas un péché d'avoir recours au bureau de la loterie ou au divan de la psychanalyse. Ils dévoileront moins, ils déprécieront la profondeur des rêves, mais nous saurons quelque chose. Enfin, comme le dit Jésus à Nicodème dans le livre de Jean : « Le vent souffle où il veut » et nul ne devient interprète des songes sans cet air frais qui l'investit.

A — Je corrigerais la phrase de Jean, je lirais : « Le vent souffle où il peut. » N'est-il pas étonnant que Joseph et Daniel soient tous les deux des prisonniers, comme si les songes étaient liés à un manque de liberté ? Prenons le cas de

Daniel : il fait partie d'un groupe de jeunes déportés de Jérusalem, déjà sélectionnés d'après leur bel aspect, leur robustesse, leur absence de défauts physiques et leur noble descendance. Parmi eux, quatre seulement parviennent à rester purs des contaminations par les rites et les aliments de la terre étrangère. Parmi ces quatre, seul Daniel reçoit le don de l'interprétation. Il semble que Dieu au fond n'ait pas le choix parmi les hommes, qu'il soit lui aussi prisonnier et non pas libre de choisir. Aussi dirais-je que le vent souffle où il peut et non où il veut.

Z — Cela pourrait être valable pour tous les prophètes, même pour Moïse.

A — C'est ce que je crois. Dieu n'a pas le choix parmi les hommes, il en trouve difficilement un capable de porter le poids d'une de ses charges. Le plus souvent la semence tombe dans le vide, comme le rêve qui tombe dans le sommeil d'un ivrogne. Je pense que toute l'Écriture sainte, ces milliers de pages de milliers d'années, sont la version d'un rêve que nous refaisons sans réussir à le comprendre.

SOMMEIL

En hébreu ancien, deux termes se partagent le vaste domaine du mot « sommeil » : *tardemà* et *shenà*. Le premier est un profond étourdissement, une perte des sens plus qu'un repos. *Tardemà* est comme un rocher qui pèse sur le dormeur et suit une de ses lois de gravitation, car il est régi par le verbe tomber, *nafàl*, auquel il s'accouple même. Quand on emploie l'expression « dormir comme une pierre », suprême désir des insomniaques, on frôle l'image de la langue sacrée où le sommeil-*tardemà* tombe sur la personne avec un bruit sourd de chute.

Tardemà est l'anesthésie générale qui enveloppe Adàm (Gn/In principio 2, 21) et dont il sortira avec une côte en moins et un monde en plus.

C'est l'obscurité qui s'abat sur Abraham (Gn/In pr. 15, 12) après que se sont ouvertes toutes grandes les étoiles au-dessus de sa tête, après qu'il a eu la promesse d'engendrer un peuple aussi nombreux.

C'est l'épuisement physique de Sisera (Jg 4, 21) qui ne voit même pas le piquet avec lequel Yaél le cloue au sol en lui transperçant le crâne.

C'est l'abrutissement si profond de Ionà (Jonas) après son embarquement et sa fuite, au point de ne pas être réveillé par le déchaînement d'une tempête. C'est la perte de connaissance de Daniel quand il est en proie à ses visions. *Tardemà* et son verbe correspondant *nirdàm* préparent des cauchemars et des événements solennels.

Shenà au contraire est un sommeil naturel, temps de repos et de forces qui reviennent. C'est pourtant un mot hébreu compliqué par plusieurs coïncidences. La première est qu'il a la même racine (*shin, nun, he*) que le mot « année » et qu'ensuite il participe avec son premier couple de consonnes (*shin* et *nun*) à la formation des mots « dent » et « deux ». Je risque une explication de ces coïncidences. La dent est intimement liée par nature au nombre deux, elle est à son image physique, car elle pousse dans un premier et dans un deuxième temps, elle se renouvelle exactement deux fois. Bien plus qu'un redoublement d'organes, deux yeux, deux reins, deux poumons, la dent est le deux dans le temps, le bis à partir de sa propre souche comme une plante à partir du sol après l'hiver.

L'année est un retour, c'est le sentiment inscrit dans le mot hébreu. C'est un renouvellement mais avec l'importance d'une répétition. Pour un peuple vivant de pâturages et de cultures, l'année est un retour de saisons, de travaux rythmés par les fêtes et les rites de passage. Mishnà, partie consistante du Talmud, vient du verbe répéter, *shanà*. Ce verbe a aussi le sens de se renouveler. En hébreu ancien, les coïncidences ne sont pas accidentelles, mais demandent à être étudiées. Les passages « dent », « deux », « année » servent de préambule à *shenà*, sommeil. Il est le double, notre duel quotidien et, selon un passage du Talmud, il est un soixantième de la mort. Il est notre partie obscure, celle dont nous nous relevons en forme comme au bout d'un hiver. Les Juifs fêtent le jour de l'an à la fin de l'été, mais dans les premiers temps de l'Ancien Testament il était fixé au début du printemps, car le nouvel an, *shanà* commençait après le *shenà*-sommeil de la terre. Une dernière remarque d'ordre grammatical : en hébreu, le sommeil est féminin, *shenà* et *tardemà*, cauchemar et repos, appartiennent au genre des mères.

Je signale enfin une coïncidence numérique que je ne suis pas en mesure d'expliquer : sommeil et année, *shanà* et *shenà*, ont la même valeur numérique, trois cent cinquante-cinq, que *Par'ò*, c'est-à-dire que Pharaon : dont le sommeil valut au peuple hébreu par l'intermédiaire de Joseph, seigneur des songes, son berceau natal.

NE DÉSIRE PAS

« *Lo taḥmód* » (Ex 20, 17), « ne désire pas » : comment faire pour empêcher le désir, le contrôler ? Nous vivons des temps favorables aux désirs où l'on se complaît à les exprimer et à les exaucer, même s'ils sont illicites. Mais le désir n'est pas une impulsion irrésistible, ce n'est pas un instinct ; il a besoin au contraire de certains facteurs, dont l'un est la possibilité de le réaliser. Le désir impossible perd sa charge d'aiguillon, d'instigation. Il s'émousse et disparaît, ou tout au plus il s'enkyste dans un rêve. Pour qu'un désir prenne force en nous, il faut qu'il se révèle réalisable. Le verbe *ḥamád* se rapporte toujours à des désirs à portée de main. Alors, le commandement est moins difficile qu'on le pense. Il ordonne de ne pas croire possible un adultère, de ne pas penser que la femme de son ami est disponible. Car cette pensée offense et humilie la femme, et elle a ensuite pour effet d'exciter en nous des impulsions à le réaliser. Et ces impulsions augmenteront le désir.

« Tu ne désireras pas » : l'Écriture nous enseigne que le désir est une plante qui ne porte que des branches à fruits et que tu en es le jardinier, c'est toi qui les cultives par la pensée et leur permets de s'imposer jusqu'à l'obsession. Le désir dépend de toi au début, puis c'est toi qui dépends de lui.

Tout homme a connu dans sa vie un temps plus ou moins long où toutes les femmes étaient celles des autres, déjà engagées, déjà liées. C'est un temps difficile où l'on se sent moitié saint, moitié loup. Le désir pointe et il faut l'avoir à l'œil, le tailler court. Mais si l'on n'est pas vigilant, si l'on a trop de temps pour laisser aller son imagination, alors le désir devient fort comme le verbe *ḥamád*, verbe des désirs réalisables. Alors, on peut même connaître la mince aventure de voler l'amour du lit d'un mari, au nom du désir, idole de paille qui brûle sans réchauffer. Alors, on peut violer le commandement de ne pas commettre d'adultère, qui chez nous est curieusement traduit par « ne pas forniquer » et que Troisi tournait en dérision en disant que toute sa vie il avait fait attention à ne pas écraser les fourmis[1] et qu'il avait compris trop tard. L'adultère est déjà le fait accompli, le désir exaucé.

1. Fourmi se dit *formica* en italien, d'où le jeu de mots entre *fornicare* (forniquer) et *formicare* (écraser les fourmis). *(N.d.T.)*

Je ne suis pas marié et j'ai poussé une fois une femme à commettre un adultère, donc ce n'est pas un sermon, mais un témoignage. Je confirme le message du vers des Proverbes : il est vrai que celui qui fait d'une femme une adultère manque de cœur. Ce fut facile, j'ai manqué de retenue juste au centre du muscle du sang.

LES BRAS LEVÉS

Le chapitre 17 du livre Exode/Noms raconte l'épisode de la première bataille du peuple d'Israël (Ex 17, 8-13), tout juste sorti de l'esclavage égyptien à travers les dix plaies et le passage de la mer Rouge. Jusque-là, Dieu est toujours intervenu pour décider de leur salut et de leur libération, une étape après l'autre. La pluie nocturne de la manne a déjà commencé et l'eau a jailli du rocher. Mais à présent, pour la première fois, ils doivent s'en tirer tout seuls. Le lieu est Rephidím, dans le Sinaï, et l'ennemi se nomme Amaleq. C'est un combat difficile : les Hébreux sont depuis peu dans le désert, ils ne le connaissent pas et n'ont aucune expérience de la guerre. C'est leur premier champ de bataille et Moïse reste à l'écart, confiant le commandement au jeune Josué, tandis qu'il suit l'action du haut d'une colline. Il fait en sorte que les soldats le voient de loin et gardent courage. Mais la bataille est longue, une journée entière, et Moïse ne réussit pas à garder ses bras levés : quand il les baisse, Israël subit l'offensive des assaillants et quand il les relève, Israël attaque. Alors, Aaron et Hour, un prêtre et un juge, soutiennent ses bras jusqu'au soleil couchant et Israël gagne. Moïse et les siens ont dû arracher la victoire par leurs propres forces, Dieu n'est pas intervenu pour en décider.

Le bras levé de Moïse a suffi à déchaîner les désastres qui se sont abattus sur l'Égypte par dix fois. Ce geste a ouvert les eaux de la mer Rouge, mais ne suffit pas pour gagner cette bataille. Les bras levés de Moïse devront rester ainsi jusqu'au coucher du soleil : à l'ombre de ce geste, Israël obtient sa première victoire militaire.

Amaleq représente depuis lors le nom des guets-apens contre le peuple hébreu, lorsqu'il sera loin de sa terre, dispersé dans des exils qui sont une extension du désert du Sinaï.

Sur la colline de la bataille a pris forme un grand symbole de ce qui est nécessaire à un peuple pour survivre : un prophète, un prêtre et un juge. Un homme au grand prestige personnel, un chef religieux et un administrateur de la justice. À l'ombre de cette triade, un peuple renforce ses propres fibres et apprend à s'engager seul dans le monde, à se désaccoutumer du miracle continuel de Dieu. La victoire sur Amaleq n'est pas un de ses prodiges. Mais l'unité d'un peuple s'est formée sous la direction de ses organes suprêmes et de là lui est venu le droit d'exister parmi les nations.

NOUS SOMMES

Dans l'Exode/Noms 34 se manifeste un des sommets de la révélation divine de l'Ancien Testament. Nous sommes sur le Sinaï au moment de la remise des secondes tables de la Loi. Les premières avaient été brisées par Moïse devant l'idolâtrie du veau d'or. « Nous sommes » : la puissance de l'Écriture sainte est de rendre chaque lecteur contemporain et témoin des choses racontées, car, nous aussi, nous sommes là. Nous sommes sur le Sinaï avec Moïse qui tient dans ses mains les deux nouvelles tables qui viennent d'être taillées et ne sont pas encore écrites. Le texte hébreu utilise le nom secret de quatre lettres, le tétragramme, pour désigner Dieu. Il est secret, car les voyelles n'ont pas été transmises : ceux qui le lisent Yahvé ou Jéhovah essaient de deviner. La première lettre de ce tétragramme est le Yod, c'est pourquoi ici je le nomme Yod, pour signifier qu'il s'agit bien de celui-ci et non pas d'un des différents noms de Dieu qui reviennent dans l'Écriture sainte.

Quand Yod descend dans un nuage et s'arrête près de Moïse, une rafale d'adjectifs jaillit de la gorge du prophète à son adresse. La tradition hébraïque en compte treize dans les vers six et sept de ce chapitre 34. Israël répète ces vers dans les prières de sa journée la plus solennelle, le Yom Kippour.

Ces deux vers contiennent un détail unique : le nom Yod n'est répété deux fois qu'ici, une après l'autre. Le tétragramme est écrit plus de six mille fois dans l'Ancien Testament, mais il n'est redoublé qu'ici. Il existe une explication qui se fonde sur le fait qu'en hébreu les lettres de l'alphabet sont aussi des nombres, et ainsi deux mots éloignés entre eux peuvent avoir une étroite coïncidence, comme une rime, à travers leur valeur numérique produite par la somme des lettres. Par le biais d'un simple rapprochement, la tradition hébraïque enseigne que le nombre du tétragramme coïncide avec le mot un, qui est l'attribut par excellence de Dieu, plus le mot amour. C'est ainsi qu'à travers ces treize attributs et cette répétition unique du nom sacré nous apprenons que ces secondes tables ont été données avec encore plus d'amour que les premières, de la part de Yod, caché dans un nuage du Sinaï.

Ces secondes tables, bien qu'étant égales aux premières, contiennent un amour plus intense. Et ce doit être un amour aveuglant si la peau du visage de Moïse brille d'un reflet lorsque, au bout de quarante jours, il descend dans la vallée auprès des siens. Ceux-ci voient la lumière sur son visage et sont effrayés, pas nous, car, contrairement à eux, en tant que lecteurs nous avons suivi Moïse sur la montagne et cet amour, d'une part nous l'avons lu et d'autre part les vieux sages nous l'ont expliqué.

LA VOIX ÉCRITE

Au cours de la grandiose manifestation physique de la présence de Dieu sur le Sinaï, le peuple d'Israël prend part intensément à la scène. Tout d'abord, il veut se précipiter vers la montagne, puis il recule, effrayé par les explosions de feu et par la puissance de la voix de Dieu. Au chapitre quatre du livre, qui pour nous est le Deutéronome et que les Juifs appellent « Devarím », se trouve révélé un détail de ce moment. Dieu donne un avertissement au vers neuf : « Tu n'oublieras pas les paroles que tes yeux ont vues. »

Mais nous savons que sur les pentes du Sinaï les Hébreux entendirent des mots, et non qu'ils les virent. Quelques vers plus loin, nous lisons : « Et a parlé à vous Yod/Dieu de l'intérieur du feu : voix de mots vous écoutez et image vous ne voyez pas, en dehors d'une voix. » Ici encore revient une voix qui est à voir au lieu d'être écoutée. L'Écriture ici ne confond pas les verbes, mais elle raconte une expérience prodigieuse déjà décrite dans le livre, qui pour nous est l'Exode et que les Juifs appellent « Shemót », là où il est écrit que le peuple voit des voix, des foudres et la voix du cor et la montagne qui fume. Dans ce vers, le vers 18 du chapitre 20, se mêlent sous l'unique verbe voir des choses qui concernent la vue et des choses qui devraient concerner l'ouïe. Qu'est-ce que cela signifie ?

Deux maîtres du Talmud se sont interrogés à ce propos, en donnant des réponses différentes. Rabbi Ishmaél cherche le sens raisonnable et explique que le peuple voyait ce qui était visible et entendait ce qui était audible. Rabbi Akivà, à l'inverse, reste fidèle au sens littéral et explique qu'ils voyaient la voix de Dieu faite de paroles de feu. Il s'appuie pour cela sur le vers du psaume 29 où on lit : « la voix de Yod/Dieu creuse des flammes de feu », c'est-à-dire forme avec son souffle une écriture incandescente. C'est ce que voyaient les Hébreux au pied du Sinaï : la révélation se manifeste là à des températures très élevées. Rabbi Akivà, soucieux de s'en tenir au sens littéral, enseigne que la véritable écoute, lorsqu'elle est intense, coïncide avec la vision. Celui qui est profondément attentif a l'impression de lire, pas seulement d'entendre, les mots qu'il écoute. C'est une expérience proche de la tension mystique.

Dans le désert, la voix de Dieu est si puissante, si retentissante, qu'elle brouille les sens, qu'elle cause un vertige de l'oreille interne, nommée labyrinthe en anatomie.

Nul ne serait encore capable d'une telle écoute. Avec la sécurité de la distance, à travers la simple écriture d'un livre, nous recevons cet avertissement : « Tu n'oublieras pas les paroles qu'ont vues tes yeux. » Aujourd'hui, voir ces paroles c'est toute l'expérience que peut faire celui qui lit ces aventures sacrées, avec un peu de nostalgie pour cette voix enflammée qui bouleversait les sens de ceux qui étaient tout entiers, en chair, en os et en nerfs, tendus, à l'écoute.

L'HOMME QUI RÉVÉLAIT SES SECRETS AUX FEMMES

Deuxième dialogue

A — Pour quelqu'un du Sud, il est impardonnable qu'un homme raconte ses secrets aux femmes. Il est clair qu'il doit mal finir.

Z — Oui, il a mal fini, mais je n'ai pas le courage de le lui reprocher. Je suis persuadée que Samson n'était pas un homme superficiel.

A — Et pour quelle raison ? Il était très fort, plus invulnérable même que le héros grec Achille dont le point faible était le talon, alors que Samson conservait sa force dans ses cheveux. Ses ennemis le craignaient, son peuple lui avait confié la charge de juge, la plus haute en ce temps-là et lui avait aussi donné un nom glorieux, Samson, en hébreu Shimshón, nom qui vient de *shémesh*, « soleil », et qui est l'équivalent de Grand Soleil. Mais voilà qu'il cause sa propre ruine, il finit attaché à une meule comme un animal, les yeux crevés, lui qui porte le nom du soleil : et pourquoi ? Parce qu'il a raconté à une femme du peuple ennemi, à Dalila, son unique secret. Il lui dit que sa force surhumaine réside dans ses cheveux, sans lesquels n'importe qui peut le battre. Il suffit d'un coup de ciseaux et adieu Samson. Si ce n'est pas lui le coupable, j'ignore à qui il peut s'en prendre.

Z — Tu as dit la chose juste : Samson, Shimshón, vient de soleil, *shémesh*. Le soleil a sa route tracée, un parcours obligé au terme duquel il se rend aveugle au-delà de l'horizon. La voie de Samson était inscrite dans son nom. Je ne crois pas qu'il ait été un naïf, mais un homme privé de choix.

A — Tu ne me convaincs pas. Déjà avant de connaître Dalila, il s'était passé l'épisode de la devinette, t'en souviens-tu ? Il avait eu un coup de foudre pour une jeune fille de Timna, une Philistine. En ce temps-là, Israël était sous la domination de son peuple. Samson était allé chez lui et avait dit à ses parents : « J'ai vu à Timna une des filles des Philistins : à présent, prenez-la pour moi comme épouse. »

Z — À cette époque-là déjà, c'étaient des affaires dont les parents devaient s'occuper.

A — Oui, et ses parents y étaient opposés, car ils ne voulaient pas s'allier à leurs oppresseurs. Mais Samson était aussi fort que têtu et, pour toute réponse à leurs objections, il dit : « Prends-la-moi, car c'est elle qui est précieuse à mes yeux. » Il se fiança avec elle et il arriva cette fâcheuse histoire de la devinette.

Z — Doucement, allons doucement, reconstituons bien l'histoire, car c'est en elle que se trouve l'innocence de Samson. Le livre des Juges, septième livre de la Bible, rapporte à cet endroit que les parents ne savaient pas que l'obstination de leur fils venait de Dieu, car Dieu cherchait une occasion de frapper les Philistins. Samson n'était pas un homme quelconque, mais l'enfant consacré par Dieu depuis le ventre maternel. Ce fut un ange qui annonça à sa mère, déjà âgée et jusque-là stérile, sa grossesse. Et en même temps que la bonne nouvelle, il lui ordonna de ne pas boire de vin, de ne pas toucher d'aliments impurs et d'offrir ce fils à Dieu : « C'est lui qui commencera à sauver Israël de la main des Philistins », dit l'ange. Il n'était pas encore à l'état d'embryon dans le sein maternel que sa voie était déjà décidée. Il devait devenir nazir à vie, cas unique rapporté par l'Écriture sainte. Un nazir était un homme qui faisait un vœu pour un temps limité. Ne pas se couper les cheveux était une des prescriptions.

A — Mais l'abstinence sexuelle, pour son malheur, n'en faisait pas partie.

Z — Non, et Samson sut en profiter. Mais même là, il suivait une impulsion indépendante de sa volonté, un chemin tout tracé qu'il foulait fidèlement, comme la voie du soleil au milieu du ciel.

A — Je ne suis pas d'accord. Je crois que Samson a suivi une route mystérieuse, mais qui n'était pas toute fixée d'avance. Une voie comme celle qu'on trouve dans le livre des Proverbes, dans les propos d'Agur : « Quatre choses je n'ai pas connues : la voie de l'aigle dans le ciel, la voie du serpent sur le rocher, la voie du navire au cœur de la mer, la voie de l'homme dans la jeune fille. » Telle est la voie de Samson.

Z — Mais n'est-il pas écrit qu'il venait tout juste de naître quand « l'esprit de Dieu commença à l'agiter » ? Et lorsqu'il rencontre un lion et le démembre de ses mains, n'est-il pas écrit : « le vent de Yod/Dieu l'envahit » ?

A — Certes, mais revenons à la devinette. Il tue le lion et puis, repassant par là quelque temps après, il voit que s'est formé un essaim d'abeilles dans la carcasse. Il goûte au miel et, pendant la fête de ses fiançailles avec la jeune fille de Timna, il lui vient à l'esprit de proposer cette devinette aux invités philistins : « De celui qui dévore est sorti un aliment, du fort est sorti un doux. » Ils devaient la résoudre en reconstituant l'épisode du lion et du miel. Ils fixent un bel enjeu : trente tuniques et trente manteaux, une fortune. Les Philistins n'arrivent pas à résoudre l'énigme et font pression sur la fiancée, leur compatriote, pour extorquer à Samson la clé du jeu. Et elle, fidèle à son peuple et non au fiancé étranger, se donne beaucoup de mal pour qu'il lui dévoile son secret. Mais Samson ne le lui dit pas tout de suite. C'est pourquoi je pense que s'il avait été privé de choix, forcé à son destin par le ciel, il se serait comporté comme un automate de Dieu et aurait dévoilé aussitôt son secret. En revanche, il a la liberté de se taire pendant sept jours, il ne lui répond pas tout le temps de la fête. À la fin seulement, il donne la solution à la jeune fille qui la rapporte à ses amis.

Z — C'est vrai, il utilise ici cette expression imagée en s'adressant aux Philistins qui avaient gagné le pari par la ruse : « Vous avez labouré avec ma génisse. » Aussitôt après, il est écrit que le vent d'Elohim l'envahit et qu'il descend alors à Ascalon, qu'il tue trente hommes, les dépouille de leurs vêtements avec lesquels il s'acquitte de son pari. C'est un massacre qui a de futiles motifs, mais un massacre prescrit. Il y est entraîné par le vent de Dieu qui s'empare de lui et le déchaîne comme une matraque contre les oppresseurs de son peuple.

Ton argument, c'est qu'il pouvait expliquer la devinette tout de suite puisqu'il n'avait pas le choix. Je dis non, car Samson est un homme, pas un automate, et même s'il sait que son destin est tracé et que la femme le trahira, il prend son temps, profite encore un peu de cette fête, de la vie, jusqu'au dernier moment. Samson sait, il n'est pas naïf. La preuve en est qu'il n'adresse pas le moindre reproche à la jeune fille de

Timna. Samson sait que son amour est un fruit perdu au milieu de gens hostiles, il sait qu'il peut seulement être craint, jamais aimé de retour. Plus tard, il reviendra chez sa fiancée, mais son père l'a donnée entre-temps à un autre homme. Alors, Samson brûle les champs de blé des Philistins. Ces derniers se vengent en brûlant vifs l'épouse et son père et Samson réagit par un autre massacre, car il aime toujours l'étrangère qui l'a trahi, qui n'est pas pour lui une étrangère, mais sa femme en flammes qui a fini brûlée comme un champ d'épis de blé. Lui, il est Samson, le soleil qui brûle de l'intérieur et met le feu à l'extérieur. Ce nom ne signifie pas seulement qu'il a une voie toute tracée, mais aussi qu'il a une force d'incendie comme le soleil. Si l'on ne mesure pas la température intérieure de Samson, on ne peut bien comprendre sa vie.

A — En homme du Sud, je suis disposé à reconnaître que l'amour est un fondement de l'action virile, même si je ne suis pas convaincu par ton raisonnement. Je ne vois pas la preuve que Samson connaisse réellement son destin, auquel il ne se plie du reste qu'à la dernière minute.

Z — Je vais essayer de le montrer dans son histoire avec Dalila. Mais avant, le livre continue avec ses exploits guerriers, dont un des plus célèbres est celui de la ville de Lèhi quand, entouré par les Philistins, il sent à nouveau en lui le vent de Dieu et, ayant saisi une mâchoire d'âne, il s'en sert pour abattre mille ennemis. Mille ! Tu vois, il y a des pages des Saintes Écritures où le vent de Dieu se transmet à un être humain, donnant naissance au prophète. Samson au contraire ne reçoit jamais une seule parole du ciel. Seule cette force immense qui se déchaîne sous une impulsion incontrôlable lui montre, presque par ricochet, une volonté de Dieu. Et cependant, il ne cesse jamais de croire, de se sentir un instrument pour servir, parce qu'il est nazir à vie, un homme consacré. En cela, sa foi est encore plus grande que celle des prophètes qui écoutaient des voix d'en haut et devaient seulement les transmettre au monde.

A — Sur ce point, je suis d'accord, sa foi est grande justement parce qu'elle n'est confortée par aucune voix. Mais il reçoit tout de même un signe : après le massacre des mille, quand il a soif, il demande de l'eau à Dieu et aussitôt une source surgit sur son chemin.

Z — C'est vrai, c'est un signe, mais toujours à travers une impétuosité de la nature, qu'elle jaillisse sous forme d'eau du sol ou de violence de ses muscles. Mais venons-en à présent à Dalila, une très belle femme que les Philistins forment comme un agent secret à seule fin que Samson lui dévoile le mystère de sa force. Elle doit extorquer les plans de cette puissante machine de guerre, c'est pourquoi Dalila est explicitement une espionne et non une femme qui trahit. C'est une Philistine infiltrée dans le cœur de Samson. Tu es d'accord ?

A — Oui, l'Écriture sainte est claire sur ce point. Les Philistins se rendent chez elle et lui ordonnent d'un ton impératif. « Séduis-le et vois à quoi tient sa grande force et de quelle façon nous pourrions le ligoter pour en venir à bout. » Ils lui promettent une forte récompense, certes, mais il s'agit avant tout d'un ordre pour eux.

Z — Oui, et Dalila l'exécute. Au milieu de leurs étreintes, elle l'interroge sur le secret de sa force et pousse l'impudence jusqu'à lui demander comment il faudrait le ligoter pour triompher de lui. Voilà encore une autre femme qui voulait lui arracher un secret, mais cette fois-ci vraiment le plus vital. Il ne le lui dit pas, il invente un mensonge : « Si on m'attache avec sept nerfs frais... » Dalila se fait donner le matériel et attache elle-même son géant amoureux dans son sommeil. Dans la pièce voisine, elle a introduit les ennemis et, son œuvre accomplie, elle crie : « Les Philistins sur toi, Samson. » Mais le géant se réveille et se libère des cordes comme s'il s'agissait de brins de laine. Te semble-t-il naïf ?

A — Non, à ce moment-là non, mais ensuite il lui révèle son secret.

Z — Bien sûr, mais pas naïvement. Samson a vu ce que lui a fait Dalila, le guet-apens mortel. Et cette scène se répétera bien trois fois avec

Dalila qui exécute les fausses instructions que Samson feint de lui révéler. Mais jamais il ne lui adressera un mot de condamnation, acceptant de payer cet amour au prix de sa vie. Samson enseigne ici aux amoureux qu'en amour il n'existe pas d'autre tarif que la vie et ceux qui ne la mettent pas en jeu ne savent pas aimer. Par trois fois, il se réveille ficelé et avec ses ennemis sur lui dans la chambre d'amour. Pourquoi prolonge-t-il le jeu ? Peut-être espère-t-il qu'à la fin Dalila l'aimera, qu'elle se repentira de ses pièges et lui offrira une étreinte sans fraude. Peut-être espère-t-il, car en amour l'espoir est la continuelle négation de l'expérience, la volonté de croire au bonheur contre toute évidence. La déception précédente peut toujours être démentie par un élan amoureux, car l'amour se moque bien de l'expérience et il est à chaque fois nouveau, vierge, inconnu. Du fort est sorti le doux, du géant l'amour jaillit à flots. C'est au contraire Dalila qui le réprimande. Après le troisième guet-apens raté elle ose lui dire : « Comment diras-tu : moi je t'ai aimée, si ton cœur n'est pas avec moi ? C'est la troisième fois que tu m'as trompée et tu ne m'as pas dit où réside ta grande force. » Quelle impudence : est-ce Samson qui dupe Dalila ?

A — Il est amoureux fou. Personne ne se laisserait traiter de la sorte.

Z — Toi, tu ne connais pas Dalila, moi non plus du reste, mais au moins une fois dans notre vie nous avons capitulé ainsi devant un amour au point de tout lui permettre, même la torture qu'il nous procurait. Celui qui n'a pas aimé ainsi n'a jamais aimé.

A — Mais à présent, Samson lui dévoile son secret vital et il fait quelque chose qui le diminue à mes yeux.

Z — J'aime que tu ne parles plus de naïveté. La quatrième fois, en effet, il cesse de se défendre et lui dit : « Nul rasoir n'est monté sur ma tête car je suis consacré à Dieu depuis le ventre de ma mère. » Il a dit la vérité, Dalila le comprend aussitôt, car, pour la première fois, Samson lui a parlé de Dieu. Ce mot était son véritable secret. Samson sait qu'il vient de lui céder, qu'il s'est constitué volontairement prisonnier aux caresses mortelles, comme Jésus se laissera prendre au baiser de Judas. Peut-être qu'au seuil du sommeil, les mots de la devinette reviennent à Samson : « Du fort est sorti le doux. » Il a confié sa vie aux desseins de cette volonté secrète qui du haut l'a toujours gouverné.

A — Donc, tu dis que la capitulation de Samson est un acte de volonté, non une légèreté.

Z — C'est ainsi. Quand il se dresse pour la quatrième fois contre ses ennemis dans la chambre à coucher, il est écrit qu'au-dessus de lui le vent de Dieu s'était éloigné. Il ne se sent pas chauve parce que Dalila l'a rasé durant la nuit, mais parce qu'il est sans protection. Au-dessus, dit le livre : là est sa nudité et elle vient de la perte de protection de Dieu et non du déshonneur d'un rasage. Ses cheveux n'étaient qu'un gage de ce pacte de consécration. Le soleil de Samson s'est couché, c'est pourquoi on lui crève les yeux. L'histoire se hâte vers son dernier rendez-vous. Les Philistins exhibent lors d'une fête leur ennemi vaincu, enchaîné. Mais, entre-temps, ses cheveux ont repoussé et, avec eux, sa force. Et quand il se trouve entre les piliers du grand édifice rempli d'ennemis, il crie à Dieu : « Souviens-toi de moi, donne-moi de la force rien que cette fois et je me vengerai d'un seul coup pour mes deux yeux. » Il sent à nouveau cette force dévastatrice, secoue les piliers et, au milieu de l'écroulement, il s'écrie : « Que meure mon souffle avec les Philistins ! » Après l'amour dont il s'est montré capable, c'est sa foi absolue d'être sous la main de Dieu qui est émouvante. Au Calvaire, même Jésus crie à Dieu : « Pourquoi m'as-tu abandonné ? » Samson au contraire sent dans son effort la présence violente de son créateur et retrouve Dieu sous sa peau, dans ses mains, dans l'explosion d'énergie qui ébranle les fondations.

A — Aucun autre prophète, je crois, n'a éprouvé une aussi forte émotion physique de Dieu.

Z — C'est bien ce que tu dis, Samson était un prophète.

LE DROIT DE LA VIGNE

Comme tous ceux qui ont un bout de terre devant leur maison, moi aussi j'ai planté une vigne. Je la soigne peu, je reçois beaucoup en échange : une ombre de pergola et deux semaines de raisin doux. Si je m'étais donné du mal pour elle et qu'elle ne m'ait pas donné de fruits, qu'aurais-je fait ? Isaïe dans sa lecture d'aujourd'hui (Is 5, 1-7) parle d'un vigneron attentionné, mais aussi très exigeant. Il arrache la haie, abat le mur d'enceinte et l'envoie au diable. Que les ronces et les épines la recouvrent et que la pluie ne tombe plus sur elle, car la vigne ne l'a pas récompensé.

Le vigneron, c'est Dieu et la vigne, Israël, plante apportée d'Égypte et installée en terre de Canaan. Dieu la cultive au rythme du renouvellement des patriarches et des saisons. Il a construit au centre une tour qui est certainement la loi du Sinaï. Et tout cela n'a pas suffi, écrit Isaïe. Mais quelles grappes voulait-il de cette plante, le vigneron ? Il voulait beaucoup, il voulait et veut une vendange de saints. Dans leur prière quotidienne, appelée *shemà*-écoute, les Juifs répètent, pour ne jamais l'oublier, l'absolue prétention de Dieu sur eux : « Afin que vous vous souveniez de tous mes commandements et que vous soyez saints. » C'est ce qui est écrit dans le livre que nous appelons Nombres et que les Juifs intitulent « Bemidbár » : « Soyez saints. » Il ne se contente pas de moins : où qu'ils se trouvent, ils sont tenus de se transmettre, d'une génération à l'autre, l'irremplaçable fardeau de la sainteté.

Voici que chaque nouvelle floraison de cette vigne a senti sur elle l'exigence du vigneron et aussi sa rapidité à arracher les sarments, à tailler court. Chaque siècle, chaque génération même, ont porté une menace nouvelle de déracinement. Alors il est bien de rapprocher de la colère d'Isaïe le psaume quatre-vingt d'Asaph, pour faire entendre à côté de la voix du vigneron celle de la vigne aussi. « Ad matái ashánta » : jusqu'à quand jetteras-tu de la fumée ? demande Israël à Dieu, pour arrêter sa main. « Tu as permis au porc des bois de fouir au milieu des branches, tu nous as fait manger du pain des larmes. » Et dans sa protestation, la vigne interrompt parfois brusquement la prière et ses verbes passent à l'impératif avec un tu frontal à Dieu : « Regarde du ciel et vois, protège cette vigne. »

C'est bien que la vigne du psaume réponde au vigneron d'Isaïe. Les Saintes Écritures ne sont pas faites d'ordres d'un côté et de prières de l'autre. Elles sont le lieu d'échange entre une précieuse poignée d'humanité et le Dieu qui a voulu se révéler à elle justement. C'est un dialogue d'amours et de colères, mais même le dernier lecteur sent qu'aucune des deux voix ne peut se passer de l'autre. C'est ainsi : même Dieu ne peut plus se passer de sa plante.

IMMANUEL

Immanuel veut dire : El est avec nous. El est l'abréviation d'Elohim, un des noms de Dieu de l'Ancien Testament. Immanuel est un nom qui a fait beaucoup de chemin avant sa transcription dans le registre de l'état civil. Bien des gens s'appellent Emmanuel ou Emmanuelle. Mais dans toute l'Écriture sainte personne n'a osé confier ce nom à un être humain. Il est resté sans porteurs. C'est aussi un nom qui a fait fausse route. Les nazis l'utilisèrent pour leur slogan : « Gott mit uns », « Dieu avec nous », traduction d'Immanu El. Ils le crièrent et le prétendirent, mais Dieu n'était pas avec eux, même si, pendant un temps suffisant pour exterminer des millions de personnes, il a semblé que Dieu n'était avec personne. Alors, tandis que les bourreaux s'enivraient de l'erreur de croire Dieu avec eux, les victimes répétaient la question désespérée de David au psaume 22 : « Eli, Eli, lama azavtáni », « Mon El, mon El, pourquoi m'as-tu abandonné ? » Entre cette phrase et l'Immanu El, entre l'étonnement de l'abandon et la certitude d'un Dieu près de soi, s'échelonnent toutes les positions de la personne de foi. Chacune d'elles, au moins une fois dans sa vie, a fait l'expérience personnelle des deux phrases.

Dans Isaïe, l'histoire du nom Immanu El est claire. Ahaz, roi de Jérusalem, est effrayé par l'arrivée d'une armée ennemie. Alors, Dieu l'exhorte, par l'entremise d'Isaïe, à demander un signe, qui vienne du profond et d'en haut. Mais Ahaz a peur de demander, de mettre Dieu à l'épreuve. Alors, on entend par la bouche d'Isaïe : « Donnera Adonai [autre nom de Dieu] lui-même un signe, voici que la jeune fille accouche et fait naître un fils et elle lui donnera le nom d'Immanu El » (Is 7, 14). C'est ce qui est écrit. Ce sera une jeune fille, *almà* en hébreu, qui donnera le signe de temps solennels. De plus, par ces vers, nous savons que le signe viendra quand personne n'osera le demander. Voilà pourquoi personne alors n'a appelé son fils Immanuel : nul n'osait évoquer ce signe mystérieux. Les noms propres sont parfois chargés d'histoires grandioses et on redoute un peu de les transmettre aux nouveau-nés.

DE QUI DÉPEND LE MESSIE

« Vent d'Adonai est sur moi puisque Yod m'a oint : pour porter la bonne nouvelle aux humbles il m'a envoyé, pour panser les cœurs brisés, pour annoncer aux prisonniers liberté et aux captifs ouverture » (Is 61, 1). Ce passage d'Isaïe déclare que l'annonce du Messie, de celui qui est oint de l'huile sainte par Dieu, s'adresse avant tout aux affligés. Il prend soin d'abord des humbles parce que humiliés, puis des affligés, au cœur brisé par les chagrins, puis il s'adresse aux prisons pour crier leur liberté aux captifs, pour ôter leurs fers aux prisonniers.

Le Messie ne fait pas de différence ici entre coupables et innocents, mais il proclame en son temps une amnistie générale qui concerne aussi naturellement les serviteurs, les esclaves vendus.

Jésus fut amené à lire ces vers d'Isaïe un samedi dans une synagogue. Ce fut à Nazareth, comme le raconte l'Évangile de Luc. Il lut devant les siens ces vers chargés de puissance et d'avènement de grands changements. À la fin, il déclara que ces paroles d'Isaïe étaient devenues prêtes, urgentes, actuelles, à travers lui, Jésus. C'était lui l'homme oint par Dieu, le Messie / *Meshíah* venu pour réaliser dans le présent ces prophéties en suspens. L'assemblée s'étonna, puis réagit avec hostilité, en le chassant. C'était un blasphème pour eux qu'un homme puisse se déclarer messie. Mais par ailleurs, ils étaient aussi effrayés par l'annonce que ces vers d'Isaïe puissent réellement s'accomplir à leur époque.

Un homme de foi a beau prier Dieu pour que son règne vienne et que sa volonté soit faite, il ne sera jamais prêt à accueillir l'un et l'autre. L'avènement sera toujours bouleversant. Voici le Messie qui console les humbles et les affligés et libère les prisonniers et les esclaves de leurs fers. Ce n'est pas seulement un jour de fête, mais aussi de châtiment, comme le dit le vers suivant « et jour de vengeance pour notre Elohim ». Les habitants de Nazareth réagirent contre Jésus qui se déclarait venu pour réaliser ces prophéties, mais ils réagirent aussi contre ces prophéties, bonnes à écouter, mais dures à supporter dans leur bouleversement.

Ces vers d'Isaïe, comme beaucoup d'autres, mettent les hommes de foi à l'épreuve : sont-ils prêts à affronter l'avènement, la réalisation des temps annoncés ? Finalement, peu d'entre eux sont prêts à croire que les vers d'Isaïe sont actuels. Bien peu se comporteraient différemment des habitants de Nazareth. Et pourtant, chaque génération frôle le Messie et seuls les croyants ont pour tâche de faciliter son arrivée. Dans la phrase du Talmud : « Sache ce qui est au-dessus de toi » (Avot 2, 1), Rabbi Haim de Volozhine (Lituanie, XVIIIe-XIXe siècle) lit d'un ton plus littéral : « Sache ce qui est au-dessus (dépend) de toi. » De toi, de chacun dépend le Messie.

YIRUSHALÀIM

Ceux qui ont entendu parler de Dieu ont aussi entendu parler de Jérusalem. S'il y a une chambre à lui sur terre, elle est là. Yirushalàim, le nom est encore plus délicat en hébreu.

« Sur le compte de Tziòn je ne resterai pas silencieux », ainsi commence le chapitre soixante-deux d'Isaïe. Ailleurs, devant la ville réduite à la désolation et devant les lieux saints en flammes, le prophète a crié, saisissant Dieu par la peau du « tu » : « Sur tout ceci te retiendras-tu, Yod ? Resteras-tu silencieux et opprimeras-tu encore beaucoup ? » L'hébreu de l'Ancien Testament avait un rapport intime et jaloux avec Dieu, ils échangeaient un « tu » plein de sentiments bouillants. Ce « tu » s'est estompé dans nos rapports, la force de ce pronom personnel qui préside à l'amour est tombée.

La dernière fois que ce tu m'a fait sursauter, ce fut pendant que j'accompagnais à sa sépulture, avec un petit groupe, une fillette de dix ans morte d'un cancer. Dans le frottement des pas du petit cortège s'éleva tout à coup le cri terrible du père de cette fille unique, un maçon, un de mes compagnons de travail. Il cria : « Tortionnaire, tu l'as torturée pendant un an, tu me dégoûtes », il cria directement ses blasphèmes vers le ciel, regardant en l'air, puis crachant par terre, lui, l'athée de toujours. C'était le « tu » d'un homme à Dieu, un tu antique qui venait des hurlements des prophètes et qui, après un long sommeil, se cabrait à mes oreilles dans un souffle de douleur pure. Ce « tu » était si fort qu'il démontrait l'existence de Dieu, du moins en cette heure-là, en cet homme-là. Je crois que Dieu ne s'offense pas des cris de l'homme, s'ils ont le tu dans leur douleur. Ce souvenir me permet de donner au moins la même force au cri antique d'Isaïe : « Resteras-tu silencieux et opprimeras-tu encore beaucoup ? » Ce préambule m'aide à comprendre le début de cet hymne à Jérusalem : « Sur le compte de Tziòn je ne resterai pas silencieux et sur le compte de Jérusalem je ne serai pas en paix : jusqu'à ce que jaillisse comme une splendeur sa justice et que son salut comme une torche brûlera. » C'est un début passionné qui aussitôt s'enrichit de sentiments physiques, charnels. Isaïe poursuit ainsi : « Et on ne te dira plus Abandonnée et de ta terre on ne dira plus Désolée, car on t'appellera Mon Intention est en toi et à ta terre Épousée, car intention de Yod/Dieu est en toi et ta terre sera épousée » (Is 62, 5). Yirushalàim est l'intention de Dieu, elle en est l'épouse. Ce n'est pas une ville mais un champ de noces entre la terre et le ciel. Les derniers vers de cette lecture disent : « Et de la joie d'un époux sur son épouse se réjouira de toi ton Elohim. » C'est l'accomplissement d'un choix qui accompagne toute l'histoire sainte et fait de cette ville le plexus solaire du monothéisme. Le mot joie, *masòs*, choisi par le prophète, a une histoire. C'est Isaïe qui l'emploie le plus souvent, neuf fois sur les dix-sept où il apparaît dans l'Écriture sainte. Il se rapporte à une ville qui s'accorde une joie insouciante et périlleuse, qui prépare des deuils. Dans la dernière partie du livre, *masòs* devient une joie finale, de rachat et de noces. « Car me voici qui crée Jérusalem allégresse et son peuple joie » (Is 65, 18). Le verbe est celui de la création du monde, car des temps viendront où la joie ne sera pas le fruit heureux d'un moment, mais la forme créée du monde. C'est ce qui est écrit dans le livre.

DROIT DE FILS

Jésus apprend à réciter une prière faite de peu de mots, le Notre Père. Il explique que peu de mots suffisent, car Dieu sait déjà tout ce que la personne en prière va demander. Dans le beau passage du chapitre 6 de Matthieu, on apprend que la prière n'est pas un moyen de demander, mais de s'adresser à Dieu, en l'appelant Notre Père.

Dans l'hébreu qui lui est familier, notre père se dit *avínu* et Isaïe l'adresse à Dieu comme une réclamation et une récrimination dans le chapitre 63 de son livre. Le peuple d'Isaïe est perdu et le prophète proteste contre Dieu qui endurcit les cœurs et les détourne de la crainte. Il l'invoque ainsi : « Car tu es notre père, car Abraham ne nous a pas connus et Israël ne nous reconnaîtra pas : toi Yod/Dieu tu es notre père, notre rédempteur depuis toujours est ton nom. »

Isaïe explique que les pères sont loin dans le temps, Abraham et Jacob appelé Israël ne connaissent pas leur descendance. Toi, tu es notre père : *attà avínu* et ce tu, *attà*, en ouverture de phrase, est un doigt pointé. Toi, tu es : ce n'est plus une invocation mais une instance légale légitime : nous sommes tes fils, tu ne peux nous abandonner, tu n'es pas libre de le faire.

La seconde moitié du vers est encore plus forte, là où le tu, *attà*, précède carrément le nom Yod/Dieu : « Toi, tu es Yod/Dieu notre père. » Telle est donc notre position respective devant ta loi même. Le devoir de tutelle est donné par le terme légal : *goalénu*, notre rédempteur, qui termine le vers : « Notre rédempteur depuis toujours est ton nom. » Isaïe écrit que Dieu est celui qui paie le rachat pour rendre libre. Tel est son nom, qui n'est pas un attribut, un prédicat parmi d'autres, mais le substantif qui assigne à un père un devoir envers ses fils.

Dire notre père signifie confirmer notre lien légal de tutelle avec Dieu, en même temps que notre affection. Isaïe l'illustre matériellement dans un autre vers où il explique : « Notre père c'est toi, nous sommes l'argile et tu es notre potier » (Is 64, 7). Nous ne sommes rien de moins que cela : un ouvrage de terre et de soin de Dieu.

Quand l'homme de foi invoque à nouveau notre père qui est aux cieux, il sait qu'en plus du devoir il a acquis le droit filial de s'adresser à lui.

GREFFE

« Voici que viennent les jours » (Jr 31, 31) : par ces mots d'urgence le prophète Jérémie annonce le projet de Dieu d'établir un nouveau contrat avec son peuple. Le mot hébreu est *berít*, que nous traduisons par « alliance », « pacte ». Le verbe qui l'accompagne est l'équivalent de notre verbe « couper », même si d'habitude les traducteurs choisissent un verbe plus approprié au mot pacte. L'hébreu dit couper, car une alliance est faite au moins de deux parties et puis parce que l'accord se scelle en présence d'un sacrifice sur l'autel, avec l'animal coupé en morceaux. « S'assemblent à moi mes fidèles, eux qui coupent mon pacte sur un autel » (Ps 50, 5). Le verbe *caràt*, « couper », exprime aussi la très grave mesure d'excommunication de la communauté hébraïque, le *cáret*.

Les signes des alliances ont été pour Noé l'arc-en-ciel après le déluge, pour Abraham la circoncision dont il est à l'origine. Après ces pactes entre Dieu et chacun des patriarches s'établit celui du Sinaï avec Moïse et le peuple d'Israël tout entier. Ce sera une loi difficile à observer et les Hébreux l'abandonneront autant de fois qu'ils la reprendront. Dans ces vers du chapitre 31, Jérémie annonce une nouvelle alliance, *berìt ḥadashà.* « Je les ai serrés dans mes mains pour les faire sortir de la terre d'Égypte » : tel fut son premier empressement physique, le torrent de miracles nécessaires pour les présenter devant le Sinaï de la loi. Dieu annonce à présent, par l'intermédiaire de Jérémie, un pacte qui ne sera pas écrit sur des tables. Car il va donner sa loi dans les poitrines, l'écrire sur les cœurs. Il n'y aura pas à l'apprendre, car chacun la possédera de l'intérieur. Le pacte se renouvelle donc et le prophète Osée aussi en annoncera un au début de son livre.

Le christianisme s'inspire de ces annonces, des promesses de fins nouvelles pour son message. Jésus lève le calice du vin dans sa cène finale pour un toast à la nouvelle alliance à travers le sang qu'il devra verser en sacrifice. Il n'y aura pas de nouvelles tables de la loi. Saint Paul dira dans la deuxième épître aux Corinthiens qu'il est le serviteur d'un code non écrit, mais suscité par l'Esprit. Les nouvelles alliances n'effacent pas les précédentes. Nous sommes toujours sous le coup de la promesse faite à Noé de ne plus détruire la terre. Nous sommes toujours sous le coup des dix articles des tables de Moïse. Le christianisme conserve l'Ancien Testament comme son origine, son passé. Il est même plus que cela. Jésus n'efface pas Isaïe, il veut même en accomplir les prophéties. À la loi écrite sur une pierre il ajoute l'alliance déclarée par Jérémie, greffée dans la poitrine, gravée sur le cœur.

PLANTER DES ARBRES

Ceux qui ont un champ et qui ont planté des arbres savent qu'ils sont comme des personnes, avec des goûts et des destins difficiles à contrôler. Certains poussent bien et grandissent solides, pêchant avec leurs racines dans un sol qui leur convient, d'autres ont plus de mal, d'autres encore tombent malades et meurent. Le prophète Ézéchiel parle volontiers d'arbres, c'est le plus jardinier de tous les messagers de Dieu. Au chapitre 17, il parle d'un arbre planté par le patron absolu des règles de la nature. Dieu coupe la cime d'un cèdre et la replante sur une montagne haute et escarpée, en Israël.

Le cèdre du Liban est une plante spéciale de l'histoire sainte. C'est le bois avec lequel Salomon construit en grande partie le temple, l'autel et son légendaire palais. C'est le bois utilisé dans certaines cérémonies de purification. Le psaume 80 appelle en outre ces arbres les cèdres d'Elohim et le psaume 104 déclare que les cèdres du Liban ont été plantés directement par Dieu. Le verbe qu'il emploie, *natà*, est le même avec lequel il a planté un jardin dans l'Éden en y installant Adam. L'image du cèdre évoquée ici par Ézéchiel a donc une valeur ajoutée à puiser dans tous les passages des Écritures qui parlent de la valeur de cet arbre. Car les paroles sacrées voyagent d'un livre à l'autre, accumulant plusieurs sens, comme un homme âgé aux multiples expériences. Ce voyage des mots dans les Saintes Écritures fait des nombreux livres un livre unique et des nombreux lieux un unique discours. Le cèdre n'est pas seulement l'image poétique de beauté solennelle qui se détache sur le paysage et sur le drapeau du Liban, mais un concentré de valeur sacrée. Ici, Dieu décide par la bouche d'Ézéchiel que la forme du roi suivant ait une image et un nom de cèdre, et il lui accole l'adjectif de poids *addìr*, « imposant », attribut qui se rapporte à Dieu lui-même dans le psaume 93. Ce roi est un cèdre bénit, dans ses branches pullulera la vie des oiseaux. Mais afin qu'il ne s'enorgueillisse pas de cette faveur, Dieu annonce : « J'ai humilié un arbre élevé, j'ai fait croître un arbre humble, j'ai fait sécher un arbre frais et je ferai bourgeonner un arbre sec. »

Certains commentateurs ont vu dans le cèdre d'Ézéchiel une prophétie messianique. Ils rapprochent ces vers de celui d'Isaïe : « Il sortira un rejeton du tronc de Jessé et un bourgeon poussera de ses racines » (Is 11, 1), où l'on annonce le Messie né de la descendance de Jessé, père de David. C'est un rapprochement qui n'est étayé par aucune coïncidence de termes entre les deux prophètes, mais qui se place dans le grand courant de lecture porteur de cet avertissement : dans l'Écriture sainte, aucun arbre n'est seulement un arbre, aucun objet, aucune parole et pas même une conjonction ne sont laissés sans examen des raisons de leur place là, dans le lieu de la rencontre écrite entre créature et créateur.

ANÁSTASIS

La lecture du chapitre 37 d'Ézéchiel est bien plus qu'une lecture, c'est la plus formidable nouvelle de toute la foi : la résurrection des morts. Le seul échec de saint Paul rapporté par les Actes des Apôtres concerne justement le moment où, devant l'assemblée des Athéniens, il aborda le thème de la résurrection. Ils l'interrompirent et le renvoyèrent. *Anástasis*, appelèrent-ils cette incroyable histoire du mort qui se relève. C'était pour eux une question effrayante (cf. Ac 17, 16-34). Il s'est toujours agi d'une hauteur de la foi, car tout le monde ne parvient pas à supporter le vertige qu'elle donne. Dans le passage du prophète Ézéchiel, toute prudence est écartée et on lit la plus concrète et la plus claire description de cet événement. Le prophète est saisi à la fois par une main et par un vent, et conduit dans une vallée d'os desséchés. Dieu demande à Ézéchiel de parler aux ossements « et je donnerai sur vous des nerfs, je ferai monter sur vous de la chair et j'étendrai sur vous de la peau ; puis je donnerai en vous un vent et vous vivrez ». C'est vraiment ce qui arrive et Ézéchiel voit s'accomplir la prophétie sous ses yeux. Mais ce n'est toujours pas suffisant, voici que dans ces corps il manque encore le vent et alors il est demandé au prophète d'appeler l'élément dans la vallée et de lui dire : « Des quatre vents, viens. » Ici, le prodige s'accentue : quatre vents surgissent de directions opposées et prennent la vallée en enfilade. De leur croisement, du tourbillon de ces quatre fleuves d'air surgit le vent, *ruaḥ*, à l'intérieur de ces corps inanimés. C'est une description qui ne prête pas à équivoque, ce n'est pas une image ambiguë qui peut être interprétée de manière symbolique, mais c'est la réalisation d'un événement unique dans l'histoire de l'Ancien Testament. « Voici que j'ouvre vos tombes et que je vous fais monter de vos tombes », dit Dieu. Ses paroles sont une promesse et correspondront à un fait. C'est un espoir grandiose, aussi solennel que l'avènement de la fin du monde, mais avec un réconfort personnel en plus, la possibilité de revoir dans leurs formes les personnes qui nous furent chères. C'est une hauteur de la foi, un sommet sur lequel il est difficile de respirer, car on a le souffle coupé en y pensant. Résurrection de nos pauvres corps qui, moins que des os, seront de la fine poussière. Ézéchiel évoque une scène d'énergie déchaînée, un bruit assourdissant de vie qui repart avec violence et force la nature là où elle s'est interrompue. Difficile d'être des fidèles devant le chapitre 37. Il est plus facile d'être un lecteur qui depuis des milliers d'années effleure du doigt ces lignes de terrible espérance et se contente de la représenter dans le petit théâtre de son imagination. On ne peut la croire pendant plus de cinq secondes, car on se jetterait dans les lieux où nous avons laissé nos anciens amis et on frapperait à la porte de Dieu en lui demandant de nous saisir comme il saisit Ézéchiel et de nous porter vers cette vallée, tout de suite.

Un vers de J. Brodsky dit : « Dans le passé, ceux que tu aimes ne meurent pas. » Ceux qui comme moi n'arrivent pas à croire qu'ils embrasseront les êtres aimés dans un temps supplémentaire s'en tiennent au vers du poète et reviennent les embrasser dans le passé.

ḤÉSED

« Car tendresse j'ai voulu et non sacrifice. Et connaissance d'Elohim plus que des holocaustes » (Os 6, 6). Dans ce vers sec du prophète Osée se manifeste nettement l'impatience envers les formes extérieures du culte religieux, offrandes, sacrifices, alors que la préférence pour une foi exprimée dans l'intimité de soi-même est bien claire.

Les Églises savent que les fidèles mécontents s'appuient sur de tels vers pour pratiquer un culte personnel, à l'écart des liturgies, des rites. Mais tout homme de foi fait aussi cela : il s'éloigne de l'assemblée par besoin de recueillement personnel. Même David, dans le psaume 51, avait écrit que le sacrifice qui plaît à Elohim est un cœur brisé. Et Samuel avait enseigné à Saül : « Obéir est préférable au sacrifice, écouter est préférable au gras des moutons. » Mais Osée est plus net, car son vers contient directement la voix de Dieu qui dit : « Car tendresse j'ai voulu et non sacrifice. » Le vers sonne ainsi en hébreu : « Ki ḥésed ḥafátzti veló závaḥ. » Quel beau mot que *ḥésed*, tendresse : celle entre père et fils, une disposition amoureuse et affectueuse, fondement de toute intimité.

Moïse appelle Dieu « une abondance de tendresse et de vérité » quand il le sent près de lui sur le Sinaï, caché dans un nuage (Ex 34, 6). « Grâce », « pitié », « miséricorde » sont d'autres façons de comprendre le mot *ḥésed* et il n'existe pas de choix définitif chez les traducteurs. Ils peuvent tous être compatibles, pourvu que l'on conserve le lien d'intimité affectueuse et familière que comporte le mot *ḥésed*. C'est un sentiment direct qui lie réciproquement deux personnes, dans ce cas-ci créateur et créature. Et lorsque la seconde moitié du vers confirme que Dieu a voulu la connaissance de soi plutôt que les holocaustes, alors on comprend bien qu'une connaissance de Dieu ne peut venir que précédée d'une *ḥésed*, d'une tendresse, donc d'un sentiment, non pas d'un acte mental.

La connaissance de Dieu s'ouvre en grand à condition qu'auparavant ait germé dans la créature humaine l'émotion profonde du *ḥésed*. Aucune démonstration possible de l'existence de Dieu, aucun argument théologique ou scientifique ne peut servir de fondement à la connaissance directe entre une personne et Dieu. Celle-ci ne se produit que par un acte d'amour unique, réciproque et non répétable. C'est ce qu'annonce Osée et même s'il envoie au diable offrandes et liturgies, il met dans la joie l'homme de foi qui, intérieurement, exulte dans l'attente de renouveler entre Dieu et lui la tendresse du *ḥésed*.

UN GARÇON QUI A DE L'ESTOMAC

Troisième dialogue

A — L'histoire la plus audacieuse de la Bible est pour moi celle de David qui s'expose à l'énergumène Goliath. Le petit contre le grand, le sans-défense contre l'homme armé, le jeune garçon contre l'adulte violent : cette rencontre est un concentré de bien des audaces. En outre, David porte aussi la responsabilité du destin de son peuple, car il dépend de l'issue du combat.

Z — C'est vrai. Goliath, qui appartient au peuple philistin, propose un défi un contre un, lui contre un champion d'Israël, pour ne pas répandre un sang inutile et conclure la bataille par la perte d'une seule vie humaine, celle du vaincu. Au fond, c'était un bon moyen de remplacer la guerre, sans doute la première proposition de remettre un conflit au résultat d'une rencontre sportive. Les deux armées s'affrontent dans la vallée du Chêne, dans une région au sud-ouest de Jérusalem. Ce fut en ce temps de personne, celui qui précède une bataille, et dans le camp de personne, celui qui sépare deux tranchées ennemies, qu'avança cet énorme soldat, Goliath de la ville de Gat.

A — La première chose écrite sur lui, après son nom, est sa taille, presque trois mètres. Sa description effrayante est donnée dans le premier livre de Samuel, huitième de la Bible, comme si nous commencions nous aussi à le découvrir depuis les tranchées d'Israël. D'abord sa taille, puis son casque, puis sa cuirasse d'écailles de bronze qui brillait, métallique, à la lumière. Puis, tandis qu'il se rapproche de plus en plus, on voit les jambières, le javelot et une énorme lance. C'était le premier char d'assaut humain.

Z — Certainement, et pourtant je voudrais essayer de montrer que David ne fut pas du tout un imprudent joueur de hasard, mais un combattant techniquement supérieur à son adversaire et sûr de la victoire. Je voudrais montrer que David était plus fort que Goliath.

A — Je suis vraiment curieux de voir comment tu pourras contourner l'évident avantage physique de Goliath, à moins de dire que l'aide de Dieu le rendait plus fort.

Z — Je n'emploierai pas cet argument parce que je crois que Dieu resta seulement spectateur. Il était bien sûr un spectateur engagé, sans doute prêt à envahir le terrain si les choses s'étaient mal passées, mais il n'y eut nul besoin de son intervention.

A — Alors, tu dis que David était plus fort que Goliath ?

Z — Bien sûr, si nous considérons l'affrontement d'un point de vue militaire, qui est celui qui nous intéresse, car il s'est bien agi d'une bataille, même réduite à un nombre minimal de soldats. Si Goliath avait défié David au lancer du javelot ou à celui du poids, il aurait sûrement gagné. Mais dans une lutte armée pour la vie ou la mort, David était supérieur.

A — Mais l'histoire est écrite d'une autre façon. Le géant se présente en tenue de combat devant le camp d'Israël et leur dit de choisir un homme qui descende vers lui. S'il était si simple de le battre, on aurait trouvé rapidement un champion d'Israël. Mais personne ne se présente, justement parce qu'ils se savent inférieurs à ce colosse sur le plan militaire. Tu sais que la scène de ce défi se répète pendant quarante jours et que personne n'ose le relever. Seul ce téméraire de David, qui n'est encore qu'un enfant, venu un jour apporter leur nourriture aux soldats, bouleversera tous les pronostics.

Z — C'est vrai, il est le seul à se porter candidat, mais il le fait après avoir vu Goliath, donc après s'être senti sûr de le battre. Il le comprend aussitôt et s'informe en effet auprès des soldats en faisant l'innocent : « Que fera-t-on à l'homme qui frappera ce Philistin et délivrera Israël de la honte ? » Il veut savoir ce qu'il y a à gagner à la destruction de ce char d'assaut. On lui répond que le roi le rendra grand, lui donnera sa fille et que sa famille obtiendra des privilèges. Il finit par intriguer tout le monde par ses questions et on le présente donc au roi Saül. Il prend aussitôt la parole et dit : « Que le cœur d'un homme ne tombe pas à cause de celui-ci. Ton serviteur ira se battre contre ce Philistin. » Saül voit devant lui un jeune garçon et il ne le croit pas, mais David insiste avec assurance et, pour le convaincre, il lui raconte quelques-unes de ses prouesses de berger pour défendre ses bêtes contre des ours et des lions. Enfin, il ajoute : « Dieu qui m'a sauvé de la patte du lion et de l'ours me sauvera de la main de ce Philistin. » Saül n'a pas le choix, il y a quarante jours que dure cette humiliation et personne ne s'est offert pour tirer d'embarras l'armée d'Israël.

A — Et en réalité, seul le désespoir pousse Saül à confier le sort de son peuple aux maigres épaules d'un enfant. Il le fait seulement pour que cesse cette continuelle provocation qui a affaibli le moral de ses troupes.

Z — Mais David est sûr de son fait et sait qu'il n'aura pas à importuner Dieu dans la vallée du Chêne.

A — Maintenant, il te faut le démontrer.

Z — J'y viens : tu as bien décrit l'arrivée de Goliath au camp d'Israël, mais tu as négligé certains détails dont parle l'Écriture.

A — J'ai fourni les données principales de l'aspect de Goliath telles qu'elles apparaissaient aux yeux des soldats d'Israël.

Z — C'est juste, tu as compris une des subtilités du texte qui montre le géant depuis l'observatoire vers lequel il avance. Mais dans le livre, nous voyons aussi qu'il portait un casque en bronze et tenait un javelot lui aussi en bronze. En outre, il est précisé que seule sa cuirasse pesait plus de cinquante kilos, qu'il avait des jambières en bronze et une lance en bois dont la seule pointe pesait six kilos. En somme, nous avons en face de nous un gros géant, trapu et alourdi par au moins cent kilos de ferraille. L'Écriture donne même le poids des armes.

A — Oui, mais il ne s'agissait pas d'une course de vitesse.

Z — C'était pourtant sûrement une cible peu mobile, invincible au corps à corps ou dans une lutte à distance rapprochée, mais pratiquement sans défense contre l'artillerie.

A — Que vient faire l'artillerie ?

Z — Mais c'est l'arme de David. Le garçon est astucieux : il ne dit pas à Saül qu'il a tué des ours et des lions avec sa fronde, mais qu'il les attrapait et les abattait. Il raconte des énormités, mais il ne parle pas de son arme infaillible. Aussi parce que personne ne pouvait croire à son efficacité, que David avait perfectionnée. David montre ici sa certitude de vaincre, mais aussi toute l'habileté nécessaire à dissimuler son secret. C'était un garçon de grandes ressources et il le prouvera soit en tant que poète de psaumes, soit en tant qu'homme politique capable de choix historiques grandioses, lorsqu'il prendra comme capitale Jérusalem, la première fois dans l'histoire d'Israël. Mais, pour revenir à la vallée du Chêne, il faut croire que Saül était vraiment désespéré pour penser qu'un enfant abattait des ours et des lions à mains nues ou à coups de bâton. David chassait et tuait sûrement ces bêtes en les visant de sa terrible fronde. Face à une cible presque immobile, le garçon sait qu'il est nettement supérieur.

A — Est-il possible que personne n'ait connu cette habileté ?

Z — C'est possible, étant donné qu'il s'agit d'un berger qui conduit ses troupeaux dans des lieux éloignés et qu'il a pu perfectionner son adresse à la fronde sans être observé.

A — En somme, tu dis que la fronde était une arme inconnue ?

Z — Il y a une donnée de fait : dans l'Écriture sainte, la fronde, *kéla*, apparaît pour la première fois ici, dans la main de David. Elle n'a jamais été mentionnée auparavant. Je pense donc qu'elle pouvait exister comme arme rudimentaire, mais que David l'avait améliorée pour lui donner la terrible efficacité que nous verrons. Seule une troupe d'élite de tireurs gauchers de la descendance de Benjamin savait s'en servir et le fit dans une bataille contre les autres familles d'Israël. Mais ce fut une bataille rangée où l'on utilisa toutes les armes possibles et son utilisation ne dut pas être déterminante. David n'ose pas en parler dans sa conversation avec Saül, préférant faire ces mensonges invraisemblables de bêtes féroces affrontées en corps à corps. Je crois que le garçon avait un don naturel, un instinct de la cible que possèdent certains tireurs et qui a été exalté dans bien des westerns. Je pense au début du psaume 144, attribué à David, qui dit : « Béni sois-tu, Dieu, mon rocher, qui instruis mes mains au combat et mes doigts à la guerre. » Seul un pistolero parlerait des doigts à la guerre, puisque à l'époque les armes réclamaient avant tout une force brutale. Mais David sent la cible au bout de ses doigts qui laissent partir la pierre, c'est pourquoi il prononce cette étrange bénédiction sur l'entraînement militaire des doigts.

A — Mais d'après toi, était-il un virtuose de cette arme ou l'avait-il aussi améliorée ?

Z — Je crois les deux choses possibles à cause d'un indice intéressant : il choisit sur la grève d'un torrent cinq pierres lisses. On remarque aussitôt sa grande assurance : seulement cinq. N'importe qui aurait rempli sa besace de projectiles, lui rien qu'une poignée. Puis on souligne qu'elles sont lisses. Celui qui veut lancer une pierre au front d'un adversaire devrait la choisir rugueuse, irrégulière pour pouvoir blesser plus cruellement. David au contraire les veut lisses, car il sait que son arme les lance avec une telle violence qu'elles pénètrent dans l'os et dans le corps comme des projectiles. Et nous lisons en effet plus loin : « Et la pierre plongea dans son front. » Le verbe est sans ambiguïté, c'est celui qui est employé pour les Égyptiens noyés au fond de la mer Rouge. David sait donc que la puissance du coup est capable de planter la pierre dans le corps, non de ricocher sur lui, et il a donc besoin de pierres semblables à des projectiles : lisses, comme il est écrit, et probablement fuselées. C'est l'artillerie dont je voulais montrer l'efficacité.

A — Poursuis donc.

Z — Mais le côté comique de l'histoire se situe au moment où Saül veut revêtir le garçon de ses armes. Il lui fait mettre sa tenue de guerre : son casque en bronze, sa cuirasse, son épée. David ainsi harnaché est perdu et feint une maladresse encore plus grande pour pouvoir dire à Saül qu'il n'arrivera pas à marcher avec ces vêtements, car il n'est pas habitué à les porter. La preuve étant donc faite, il se débarrasse de tout cet attirail et s'en va uniquement avec son bâton, sa fronde et ses pierres dans sa musette. Je veux croire que David s'est défait de toutes ces entraves non seulement pour des raisons de poids et d'aisance, mais aussi afin de ne pas avoir sur lui d'autres vêtements que les siens. Cette victoire sera la sienne et non celle de la casaque royale que Saül veut lui faire porter. Enlever les habits du roi était un geste bien dur à faire devant le roi qui les lui offrait et je crois que c'est de là que date l'hostilité de Saül envers David. Il craindra toujours d'être détrôné par ce garçon qui débute dans le monde en refusant ses vêtements.

A — Quoi qu'il en soit, David part à la rencontre de Goliath vêtu en berger, non pas en soldat, ce qui laisse échapper à Goliath un mot d'esprit inattendu : « Suis-je un chien pour que tu viennes contre moi avec un bâton ? » Il ne peut savoir que sa véritable arme se trouve dans sa musette.

Z — Non, car il est loin, mais la phrase s'étrangle dans sa gorge quand il entend le garçon qui d'assez loin lui crie : « Aujourd'hui même Yod/Dieu te serrera dans ma main et je te frapperai et détacherai ta tête. » Et alors que le lourd cuirassé humain fait ses premiers pas dans un bruit de ferraille, David sort un seul projectile, fait tourner son arme et vise le géant droit au front. *Vatittbà* est le verbe du coup qui se plante dans le crâne du colosse et l'on croit entendre (*vatittbà*) le bruit du projectile qui atteint son but. Le coup pénètre dans le cerveau : « Et il tomba la face contre terre », est-il écrit. Mort sur le coup, mais ce n'est pas suffisant, car personne n'a vraiment compris ce qui s'est passé. Les tranchées sont loin, le projectile est resté invisible. David court donc prendre son épée et tranche la tête du géant abattu. C'est bien ce qui a dû être la tâche la plus pénible de sa journée. Alors seulement, les Philistins comprennent que Goliath n'a pas eu un malaise, mais qu'il a été réellement tué, et ils s'enfuient à toutes jambes. Cette histoire fait comprendre, selon moi, que David était sûr d'être plus fort que Goliath, d'avoir sur lui une nette supériorité dans l'armement.

A — Ici commence sa carrière militaire.

Z — Une grande carrière qui durera tout au long de quarante chapitres, s'étendant sur la moitié du premier et sur tout le second livre dit de Samuel. Comme tous les grands condottieres, il réussira à former une troupe de soldats formidables et gagnera d'innombrables combats avec une infériorité numérique. À la fin, il sera si las des guerres qu'il choisira pour successeur Salomon, le plus sage et le plus pacifique de ses nombreux enfants, qui porte dans son nom, Shelomò, la racine « shalóm », paix.

A — J'ai une dernière curiosité : la fronde est-elle devenue ensuite une arme de guerre ?

Z — La fronde fait ici ses débuts et David a dû certainement l'utiliser à nouveau au cours de sa longue carrière de chef militaire. Mais nous n'en avons pas de preuve formelle. Quelques siècles plus tard seulement, en lisant le livre des Chroniques, un roi du royaume de Juda, ayant pour nom Ozias, dote aussi son armée de cette arme.

A — En somme, tu es convaincu que David ne risquait rien en affrontant Goliath.

Z — Je crois que lui en était convaincu.

A — Même s'il l'était vraiment, il fallait tout de même un grand courage pour aller combattre ce monstre.

LE PSAUME DES ASSASSINS

On appelle psaume de pénitence le psaume cinquante et un, mais il n'est pas triste, ni plaintif : il est au contraire tumultueux. David répond d'une faute grave, il l'expie et il épuise l'éloquence de sa peine. Il a commis un crime : il a envoyé à la mort au combat un homme pour épouser sa femme, la splendide Batshéva, Bethsabée. Du haut de sa volonté de roi, il a donné l'ordre scélérat qui a été exécuté : Urie le Hittite est laissé seul dans la mêlée. Dieu, en colère contre lui, lui enlève l'enfant premier-né de cette union et l'éloigne même du trône pour une longue période.

Il y a des femmes inévitables dans la vie des hommes et Batshéva n'était pas un caprice de David. C'était la femme qui devait ensuite accoucher de son fils préféré, Salomon, c'était son destin écrit dans un livre. David expie la peine infligée et ensuite, par ce psaume, demande à Dieu d'effacer sa faute. Il emploie le verbe *maḥà* que le prophète Isaïe attribue à Dieu en annonçant qu'il effacera une larme sur chaque visage. David demande à être lavé de cette faute, à être rendu plus blanc que neige et, au cours de sa requête, il décharge son terrible impératif à Dieu : *Hazzilèni middammìm*, « libère-moi des sangs ». Ce n'est pas une prière, mais un ordre et qui contient le plus brutal des « tu » d'un homme à l'adresse de Dieu.

David a participé à de nombreux combats. Il a commencé enfant en abattant le colosse Goliath et en lui tranchant sa grosse tête, puis il a combattu pour Saül et puis pour son royaume. Il a commis des massacres, mais il doit répondre d'un seul sang versé : celui de Urie le Hittite, le mari de Batshéva. Et il emploie le pluriel « sangs » comme est au pluriel celui d'Abel versé par Caïn : « Qu'as-tu fait ? Voix des sangs de ton frère crient du sol vers moi », lui dit la voix de Dieu.

« Libère-moi des sangs » : l'impératif de David ne laisse pas de répit à Dieu, il ne penche pas vers une prière que l'on peut éluder. Dans le vers précédent, il lui a dit : « J'enseignerai tes chemins aux coupables. » C'est ainsi : un homme qui se repent et obtient le pardon peut enseigner aux autres, parce qu'il a connu les chemins, les a perdus et puis a su les retrouver. Ce n'est pas celui qui enseigne sans discontinuer qui est un maître, mais celui qui brusquement apprend.

À la fin, le psaume offre une parole chère à ceux qu'irrite le faste de certaines cérémonies religieuses. David leur assure que : « Les sacrifices d'Elohim sont un esprit brisé, un cœur brisé. » Dieu accueille près de lui l'homme blessé, tel est le sacrifice qui lui plaît, non pas la grande pompe de l'indemne. David l'a appris de Samuel, prophète et prêtre en Israël, qui l'oignit roi à la place de Saül. Il avait déjà vainement enseigné à Saül : « Obéir est préférable au sacrifice, écouter est préférable au gras des moutons. » David va plus loin et définit la manière d'écouter et d'obéir : un cœur brisé.

Et au terme de cette lecture d'un psaume d'aventures : le monde est plein d'assassins, verseurs des sangs d'autrui. Je souhaite à chacun d'entre eux, à chaque assassin, d'arriver à atteindre l'impératif de David. *Hazzilèni middammìm*, qu'il paie ou non sa dette envers les hommes, c'est le vers seize du psaume cinquante et un qui est son but. Car il y a un moment où tout assassin sera de nouveau seul avec sa victime. Tout autour, il n'y aura ni guerre ni haine pour le soutenir, le justifier, l'approuver. Il sera seul et, sans le vers de David, il ne sera rien.

UNE FEMME DE VALEUR

Dans le dernier chapitre du livre appelé « Proverbes », des phrases d'un roi inconnu, Lemouél, parlent de femmes, ou plutôt d'une femme idéale. Chose étrange, elles ne sont pas le fruit de sa pensée : c'est sa mère qui les lui a enseignées, ou plutôt qui les lui a inculquées, fourrées dans la tête. Le verbe *assár* prévoit même en effet des punitions destinées à corriger un comportement. Alors ici, une mère décrit au monde l'image idéale d'une femme et elle le fait par la bouche de son fils, qui est un roi, ce qui donne ainsi un certain poids à ces mots. De fait ici, l'homme, même investi du pouvoir royal, n'est que le porte-parole d'une leçon apprise, que le facteur d'une lettre envoyée par une femme à une autre femme.

La voici décrite en deux mots : *éshet ḥaíl*, « femme de valeur ». *Éshet ḥaíl mi nimtzà ?* « qui trouvera ? » Cette expression, *éshet ḥaíl*, ne concerne qu'un personnage de l'Écriture sainte, et c'est Ruth, la Moabite, celle qui avait choisi de suivre en Israël la mère de son mari qui était mort. Elle avait penché pour un acte de profonde dévotion envers sa belle-mère. Voilà pourquoi la mère de Lemouél tient à évoquer Ruth à son fils : épouse une femme qui me respecte, comme Ruth respecta sa belle-mère.

« Bien plus élevé que celui des perles est son prix », ainsi continue le vers dans sa seconde moitié. « Plus élevé que celui des perles » est un terme de comparaison qui, dans l'Écriture sainte, se rapporte uniquement à la sagesse, qui est elle aussi, comme cette femme, plus précieuse que les perles. Mais on est frappé par le mot « prix », qui en hébreu est le même mot que le prix que voulaient payer les Hébreux lorsque du désert ils demandent au roi d'Édom de pouvoir traverser son territoire. Et le roi refuse le passage. Alors ici, le prix de la femme de valeur, certes supérieur à celui des perles, est quasiment inestimable.

Tout au long du chapitre, Lemouél énumère pour cette femme de valeur un nombre de qualités assez périmées pour notre époque, mais aussi un vaste champ de prérogatives, de libertés d'initiative dans les affaires. Le rôle de la femme dans cette société a beau avoir été un rôle subalterne, Lemouél ne fixe pourtant pas de limites aux activités qui lui reviendraient. Et voici la question que j'ai sur le bout de la langue : une femme d'une telle étoffe devra-t-elle forcément se contenter d'un roi quelconque, ou, quoi qu'il en soit, d'une personne aux qualités inférieures aux siennes. Car, en renversant un vers de Qôhèlet/Ecclésiaste, on peut bien arriver à trouver une telle femme, mais un homme capable de l'égaler n'a pas encore été fabriqué.

LES ÉPREUVES

Dans une ancienne histoire écrite dans le Talmud, le grand commentaire hébreu des Saintes Écritures, on parle de quatre sages qui vont rendre visite à Rabbi Éliézer, malade. Les trois premiers lui rendent hommage en faisant ses louanges et lui disent qu'il est plus précieux à leurs yeux que la pluie, plus que le soleil, plus que leurs parents. Le quatrième, qui s'appelle Akivà, lui dit seulement : « Les épreuves doivent nous être chères. » Rabbi Éliézer demande des explications sur cet étrange hommage et Akivà résume l'histoire de Manassé, roi du royaume de Juda.

Ces sages Hébreux la connaissaient bien et le jeune disciple put arriver rapidement à ses conclusions. Avant de les divulguer, il convient de rappeler brièvement cette histoire. Durant son règne, Manassé fit les choses les plus horribles, il répandit le sang innocent, il introduisit l'idolâtrie jusque dans le temple de Jérusalem.

Et pourtant, c'était le fils d'Ezéchias, un roi pieux qui défendit la religion de ses pères et fut comparé au roi David. Dieu se retourna contre Manassé. Dans le livre des Rois, il est donné un dur avertissement à la ville gouvernée par le successeur impie d'Ézéchias : « Et je raclerai Jérusalem comme on racle une marmite. » Manassé est fait prisonnier par les Assyriens et emmené en captivité à Babylone. Au cours de cette dure période d'emprisonnement, il se repentit, demanda pardon à Dieu et fut écouté. Il fut rétabli sur le trône de Jérusalem et dès lors se consacra au rétablissement du culte de Dieu. Son règne fut récompensé par une durée exceptionnelle : cinquante-cinq ans.

Akivà arrive à ses conclusions et explique donc son vœu étrange adressé à Éliézer : « Est-il possible qu'Ézéchias, roi de Juda, ait enseigné la Loi au monde entier et qu'il ne l'ait pas enseignée à son fils Manassé ? Non. Malgré tous ses efforts, malgré toute la peine qu'il s'est donnée, il n'a pas réussi à rendre son fils meilleur. Seules les épreuves y sont parvenues. Cela ne prouve-t-il pas que les épreuves doivent nous être chères ? »

Par ces mots, Akivà console le maître malade en lui rappelant l'expérience douloureuse de Manassé. Mais il enseigne également quelque chose à ceux qui sont loin de ce chevet : les épreuves, les plus dures et les plus incompréhensibles auxquelles nous sommes tous soumis, doivent trouver leur voie d'accueil chez ceux qui les subissent. La patience de les supporter ne suffit pas, elles doivent aussi nous être chères. Car elles savent mieux enseigner qu'un père. Ézéchias échoua avec son fils, mais l'épreuve de la prison et de l'exil eut un bon résultat sur Manassé. Sa seconde accession au trône fut plus importante que la première, obtenue sans effort, par pur droit héréditaire. Il en va de même aussi dans la vie de tous les jours : une chose obtenue facilement échappe des mains et seul le pénible effort de l'avoir à nouveau lui rend sa valeur. Manassé connut le trône une seconde fois sous le jour nouveau de la restitution et resta ensuite fidèle à ce retour. Dans la langue hébraïque, le repentir, *teshuvà*, c'est le « retour ».

Mais lui aussi, comme son père autrefois, n'eut pas de succès avec son fils Amon, qui devint roi et refit les mêmes erreurs de jeunesse que Manassé. Il tomba dans l'idolâtrie et eut une vie courte : il fut tué après deux ans de règne, lors d'un complot. Son fils Josias lui succéda et il vécut au contraire en suivant fidèlement la loi de Dieu.

Les histoires de cette monarchie montrent que les pères ne parviennent pas à corriger les fils rebelles, mais aussi que les parents infâmes ne pervertissent pas toujours de bons fils. Les êtres humains ne sont pas capables de déterminer l'avenir, de le conditionner vers le bien ou le mal, pas même dans leur propre famille. En hébreu, Manassé se dit Menashè, un nom propre qui a aussi un sens : « Celui qui fait oublier. » Lui, il fit oublier au peuple le culte de Dieu, mais chaque fils a en lui un bout de ce nom dangereux et qui peut faire oublier le père, dans le bien comme dans le mal. Chaque nouveau-né du monde a un bout de *menashè.*

Les maîtres du Talmud inversent carrément le rapport père-fils, en commentant un passage des Écritures relatif à Abraham et à son père Tèrah. Ils disent que le fils transmet ses mérites au père, mais le père ne transmet pas ses mérites au fils. En exergue à cette pensée profonde, ils laissent par écrit une petite phrase d'exemple, une parabole télégraphique : « C'est le fruit qui protège l'arbre. »

L'EAU DE JÉSUS

Jésus aimait l'eau. Il se fait baptiser par Jean-Baptiste dans l'eau du Jourdain, il fait son premier miracle à Cana, selon Jean, en obtenant du vin à partir de l'eau ; il choisit ses apôtres parmi les pêcheurs alors que jusque-là le métier sacré était symbolisé par le pasteur. Il accomplit le miracle de marcher sur l'eau. Il annonce à la Samaritaine au puits que celui qui boit l'eau qu'il fournit n'aura plus soif. Jésus aimait l'eau et il aimait sûrement le vers d'Isaïe et son invitation : « Oh ! vous, tous ceux qui ont soif, venez à l'eau et ceux qui manquent d'argent : venez, buvez et mangez sans argent » (Is 55, 1).

Telle était l'eau de son annonce, de l'eau pour tous, bénie depuis toujours en terre de sécheresse. Jésus aimait les vers d'Isaïe, de ce même chapitre 55, lorsque Dieu affirme que ses mots sont comme la pluie et la neige, qui descendent et ne remontent plus : « Ainsi sera ma parole qui est sortie de ma bouche, elle ne me reviendra pas à vide » (Is 55, 11).

Les eaux ont un sens comme les mots, elles descendent et se perdent en grande partie dans la mer et dans la terre. Jésus voulait que ses paroles, dites et pensées pour qu'elles se répandent, fussent comme des eaux courantes. Et sait-on combien ont été perdues, écoutées et oubliées ? Il n'a rien voulu écrire, il n'a voulu aucun secrétaire qui prenne des notes. Ceux qui voulaient devaient retenir. Il ne voulait pas mettre l'eau en cage. Jésus savait que les mots prononcés ont plus de valeur que ceux mis par écrit, comme la musique exécutée en a plus que la partition qui la fixe. Il se servait de sa voix avec impétuosité comme des ruisseaux jaillissant dans le désert, selon une des fortes images d'Isaïe, le plus grand poète de Dieu.

Les Évangiles nous donnent à lire des jets d'un discours qui fut torrentiel. Une providence fait ressembler ces écrits à des citernes d'eau de pluie, qui retiennent au moins quelque chose selon leur capacité. Nous ignorons le timbre de sa voix, et ses langues, l'hébreu et l'araméen, n'existent même plus. Et pourtant, les Évangiles ont suffi à ne pas faire oublier les paroles de celui qui ne voulut ni écrire ni laisser écrit, mais qui voulut en revanche dire et vivre selon les paroles d'une mystérieuse volonté de salut. Celui qui n'a pas la foi ne se désaltère jamais. Mais celui qui a la grâce de l'avoir est lié par un énorme devoir : donner un témoignage, tout au long de sa vie, de cette eau bue. Ce faisant, il remplit les pages que les Évangiles ont dû laisser vides. Ce faisant, il ramène à la surface l'eau restée hors des citernes.

BATEAU D'EXIL

Je suis napolitain, un résumé de sangs. Je suis le fruit de croisements venus par mer et par terre se mélanger à nous par voie de stupres plus que d'amour. D'une de mes blessures s'écoule un rouge de Méditerranée avec sels et épices grecs, sarrasins, normands, égyptiens, hispaniques, francs et juifs. Fils du siècle le plus dénaturé, j'ai hérité des cris et de la plus coupable omission de secours de l'histoire naturelle tout entière. Si, les yeux écarquillés, j'écoute le dixième de juif qu'aucun de nous tous Méditerranéens ne peut exclure, c'est parce que l'Europe s'est remplie des cris de ce peuple. Job crie non pas au ciel, mais au sol : « Terre, tu ne recouvriras pas mon sang. » Nombre d'entre nous ont lu la phrase sur le marbre de la Umschlagplatz à Varsovie, en souvenir du lieu où le ghetto était expédié par wagons à Treblinka. Nous qui sommes une terre jectisse du plus vaste cimetière de l'histoire, nous n'avons pu recouvrir ce sang.

Shemà Israèl, « Écoute Israël » : ainsi commence la plus importante prière d'un Juif à Dieu. Cinquante ans plus tard, je m'embarque clandestinement sur l'*Exodus* qui emportait des milliers de réfugiés du sud de la France vers les côtes de la Palestine contrôlée par les Anglais. Dans ces milliers d'hommes, nul ne fera attention à moi, voyageur abusif sans titre d'appartenance. Je voyagerai en récitant le *shemà*.

« *Écoute Israël* » : rive du voyage, nous sommes les derniers milliers, nous venons des plaines de chasse de l'Europe. Nous sommes le tout dernier reste qui a survécu, mais aussi le début. Nous sortons de terres qui furent des patries et qui se sont refermées comme un sac sur nous. Il y eut ceux qui purent s'enfuir du voyage Varsovie-Treblinka en sautant du wagon et n'eurent d'autre refuge que de rentrer à nouveau dans le ghetto.

« *Yod est notre Elohím, Yod est un* » : Yod est la première lettre de son nom que nous ne pouvons prononcer. C'est notre Elohim qui nous a mis au monde et nous a dispersés en tous lieux, qui nous a donné une terre et nous l'a retirée. Il est un, dit-il à Abraham. Nous l'avons répété pour la première fois au monde sourd, devant cette mer qui avait des autels fumants au ciel au nom de mille divinités. Les premiers, nous avons dit : il est un, et il en fut ainsi. Et un nous a suffi. À présent, nous sommes plusieurs milliers dans une coque de fer, partis du port de Sète en direction des lumières de Haïfa vers l'Orient.

« *Et tu aimeras Yod ton Elohím dans tout ton cœur, dans tout ton souffle et dans toutes tes forces* » : dans tout le cœur, moi je ne peux sentir que du sang, celui qu'on m'a transmis, plus celui qui fut enfoui vivant de force sous terre, asphyxié et brûlé, car chacun de nous est forcé d'être le représentant non élu de milliers de tués. Chacun de nous est Moïse, unique rescapé du massacre, mais sans princesse. Dans tout notre souffle nous avons plutôt la peur, la course et une langue yiddish que nous ne parlerons plus : n'importe quelle autre, mais pas celle-là. Et dans nos forces il n'y a place que pour la volonté de faire Israël, là où naquit sa langue sainte que nombre d'entre nous devront réapprendre. De toutes nos forces, nous résisterons aux bateaux anglais qui nous suivent comme des gardiens et ne nous laissent pas libres même en pleine mer. Ils ne veulent pas nous laisser arriver là-bas, mais nous avons une volonté plus intègre que la leur, car nous n'avons pas d'îles de retour.

« *Et telles seront les paroles que moi je dépose aujourd'hui sur ton cœur* » : oui, mets-les sur mon cœur, tes paroles, car, à l'intérieur, il n'y a plus de place. Mets-les sur moi, elles sont le poids des rouleaux de parchemin, le seul héritage de nos pères. Nous sommes le renoncement à l'héritage d'Europe, à ses sbires de terre et de mer.

Mais nous ne nous déferons pas de ton héritage, car là nous sommes un peuple, là nous avons les tombes de nos pères, dans les paroles, celles-là mêmes que tu nous transmets aujourd'hui. Et si ce n'est toi, c'est notre capitaine qui n'a que vingt ans et n'a jamais piloté de bateau avant, qui nous les transmet.

« *Et tu les répéteras à tes fils* », bien sûr, nous voulons avoir des fils nés sur cette terre et des femmes épousées là où pointe la proue. Et à dix-sept milles de la côte de notre débarquement, toujours dans les eaux internationales, nous, milliers que nous sommes ajoutés aux milliers de nos futurs fils, nous essuyons le tir de barrage de six navires de guerre anglais et nous avançons encore jusqu'à ce qu'ils nous éperonnent. Un d'entre nous meurt, cent vingt-six sont blessés. Nous débarquons réellement à Haïfa, sous les fusils anglais pour monter sur leurs bateaux. Des milliers d'entre nous. Nous le répéterons à nos fils : nous qui venons des camps de barbelés, nous ne connaissions pas encore la prison de mer, qui est un aller sans savoir où, qui a pour tout programme le loin d'ici.

« *Et tu les diras en eux lors de ton retour chez toi* » : j'aime la façon dont tu nous fais dire dans ta langue, en eux. Tu as raison, quand nous parlerons effectivement à nos fils, nous parlerons en eux, non pas à eux. Les mots descendront comme l'eau dans un puits. Ce sera lorsque nous rentrerons chez nous, quand nous aurons une maison. Notre route nous entraîne maintenant à l'ouest et ne nous conduit pas à une maison mais à un enclos. Europe, tu es notre zoo, chaque ghetto une cage. À présent, nous sommes le dernier *Wohnungbezirk*, district d'habitations comme l'appelaient les nazis en nous y entassant. Nous sommes le dernier ghetto, flottant.

« *Et t'en allant sur la route* », quelle route ? Ils ne nous conduisent pas à Chypre, ils nous renvoient en France, à notre point de départ, ils veulent nous enseigner les bonnes manières de leurs permissions à nous autres clandestins d'un siècle et d'un continent, à nous autres rats exterminés avec le gaz des rats, celui qu'on emploie pour désinfecter les bateaux. Vous nous tenez à votre merci dans vos cales, qu'attendez-vous pour utiliser à nouveau votre Zyklon B ?

« *Et en te couchant et en te levant* », notre lever et notre coucher ne sont que mer, toujours, depuis des mois. La France nous a repoussés, les Anglais n'ont pu nous décharger là de force. Seuls ceux qui voulaient rester en France pouvaient débarquer. Sur des milliers il en est descendu trois. Maintenant c'est l'océan, nous remontons l'Atlantique. Ainsi soit-il, libres en Israël ou prisonniers en tout lieu, nous sommes juifs, une prison à vie de naissance à racheter là ou en nul autre endroit. Nous nous coucherons et nous nous lèverons devant des barreaux.

« *Et tu les lieras comme une marque sur ta main* » : nos mains sont déjà dans des fers, une autre corde n'y changera rien. Ils ne nous ont pas débarqués en Angleterre, mais en Allemagne, à Hambourg. Parfait tour d'Europe, rendus au domicile de nos assassins. Une bonne leçon pour tous : pour eux, les Allemands, forcés de voir qu'au fond nous en avons réchappé par milliers ; pour nous qui devons encore habiter dans un camp de leur système pénitentiaire, à nouveau entourés de la langue des bourreaux. Oui, je l'attache à mon bras, sur ma main gauche, la farce de ta volonté, Yod, si opposée à la nôtre et à la vie.

« *Et elles seront comme des pendentifs entre tes yeux* », tes paroles dansent devant moi, sur les flots de cette année où tu nous as fait devenir marins sans escale de la Méditerranée à l'Atlantique et à la Baltique. Ceux qui avaient des poches les ont remplies du sable de Haïfa et l'ont maintenant sous leur nez dans une petite bouteille. Tout autour, nous avons les camps de concentration de Poppendorf, de Am Stau, où les Anglais et toi nous avez installés. Nous l'avons rebaptisé entre nous Puppendorf, village de poupées, car il y a tant de jeunes filles parmi nous, toutes orphelines, tu sais, orphelines de toi aussi. Quelqu'un s'est rendu compte que Am Stau veut dire « sur l'embouteillage » et ça aussi nous te le devons, plaisanter un peu avec les noms, comme tu l'as toujours fait depuis Adam qui est le masculin de *adamà*, sol. C'est ce que nous sommes, ton sol infiniment piétiné, sol qui veut une terre, celle qui fut promise aux premiers d'entre nous. Laisse tomber le lait et le miel, qu'elle soit même désert et marais, mais fais qu'elle soit celle-là.

« *Et tu les écriras sur les montants de ta maison et dans tes portes* » : sur celles-ci nous écrirons tout ce que tu veux, mais pas sur les portes d'un camp de prisonniers allemand, un autre encore. Et pas sur les portes des maisons d'autrui, en terres étrangères maintenant que toutes les terres sont étrangères sauf une, et nous ne la connaissons même pas. Nous y avons seulement posé les pieds, certains même les genoux et les lèvres, nous y avons seulement déchargé les cent vingt-six blessés par le feu anglais. J'écrirai tes paroles, mais uniquement là-bas.

Voilà, le voyage est fini et j'ai récité la première partie de ton *Shemà Israèl*, « Écoute Israël ». Et maintenant, c'est toi qui écoutes : l'année de prison 1947 aussi est terminée. L'année prochaine, tu nous donneras une patrie en Palestine. Ce n'est pas une prière. Si le mot « ordre » te dérange, donne-lui le nom de prophétie et exécute-la.

*

Le 14 mai 1948, dans une salle du musée de Tel-Aviv, un vieux monsieur, né en Pologne, David ben Gourion, annonçait en hébreu la naissance de l'État d'Israël.

DU MÊME AUTEUR

Aux Éditions Gallimard

TROIS CHEVAUX, 2001 («Folio» n° 3678; «Folio Bilingue» n° 204).

MONTEDIDIO, prix Femina étranger 2002 («Folio» n° 3913).

LE CONTRAIRE DE UN, 2004 («Folio» n° 4211).

NOYAU D'OLIVE, 2004 («Arcades» n° 77; «Folio» n° 4370).

ESSAIS DE RÉPONSE, 2005 («Arcades» n° 80).

LE CHANTEUR MUET DES RUES, *en collaboration avec François-Marie Banier*, 2006.

AU NOM DE LA MÈRE, 2006 («Folio» n° 4884).

COMME UNE LANGUE AU PALAIS, 2006 («Arcades» n° 86).

SUR LA TRACE DE NIVES, 2006 («Folio» n° 4809).

QUICHOTTE ET LES INVINCIBLES, *spectacle poétique et musical avec Gianmaria Testa et Gabriel Mirabassi*, Hors série DVD, 2008.

LE JOUR AVANT LE BONHEUR, 2010 («Folio» n° 5362).

LE POIDS DU PAPILLON, 2011 («Folio» n° 5505 et «Folio Bilingue» n° 193).

TU, MIO, 2011 («Folio» n° 5207).

ACIDE, ARC-EN-CIEL, 2011 («Folio» n° 5302).

ET IL DIT, 2012 («Folio» n° 5671).

ALLER SIMPLE, 2012.

EN HAUT À GAUCHE, 2012 («Folio» n° 5491).

PREMIÈRE HEURE, 2012 («Folio» n° 5363).

LES POISSONS NE FERMENT PAS LES YEUX, 2013 («Folio» n° 5847).

LE TORT DU SOLDAT, 2014 («Folio» n° 6028), prix européen de Littérature 2013 et prix Ulysse 2013 pour l'ensemble de son œuvre.

LA PAROLE CONTRAIRE, 2015(«Folio Le Forum» n° 6207).

HISTOIRE D'IRÈNE, 2015 («Folio» n° 6275).

LE CAS DU HASARD : ESCARMOUCHES ENTRE UN ÉCRIVAIN ET UN BIOLOGISTE, *en collaboration avec Paolo Sassone-Corsi,* 2016 («Arcades» n° 111).

LE DERNIER VOYAGE DE SINDBAD, 2016 («Le Manteau d'Arlequin»).

LE PLUS ET LE MOINS, 2016, prix du Livre européen 2016 («Folio» n° 6482).

LA NATURE EXPOSÉE, 2017 («Folio» n° 6571).

UNE TÊTE DE NUAGE, 2018.

Dans la collection «Écoutez lire»

LE CONTRAIRE DE UN, 2004 (1 CD).

LE POIDS DU PAPILLON, 2012 (1 CD).

Aux Éditions Rivages

ALZAÏA, 2002.

EN HAUT À GAUCHE, 1998.

REZ-DE-CHAUSSÉE, 1996.

LES COUPS DES SENS, 1996.

UN NUAGE COMME TAPIS, 1994 («Folio» n° 5910).

Aux Éditions Verdier

UNE FOIS, UN JOUR, 1992 (repris sous le titre PAS ICI, PAS MAINTENANT, «Folio» n° 4716 et sous le titre PAS ICI, PAS MAINTENANT / *NON ORA NON QUI*, «Folio Bilingue» n° 164).

Aux Éditions Mercure de France

LES SAINTES DU SCANDALE, 2013 (« Folio » n° 5848).

Aux Éditions Seghers

ŒUVRE SUR L'EAU, 2002.

COLLECTION FOLIO

Dernières parutions

6396. Jim Harrison	*La fille du fermier*
6397. J.-K. Huysmans	*La Cathédrale*
6398. Simone de Beauvoir	*Idéalisme moral et réalisme politique*
6399. Paul Baldenberger	*À la place du mort*
6400. Yves Bonnefoy	*L'écharpe rouge* suivi de *Deux scènes et notes conjointes*
6401. Catherine Cusset	*L'autre qu'on adorait*
6402. Elena Ferrante	*Celle qui fuit et celle qui reste. L'amie prodigieuse III*
6403. David Foenkinos	*Le mystère Henri Pick*
6404. Philippe Forest	*Crue*
6405. Jack London	*Croc-Blanc*
6406. Luc Lang	*Au commencement du septième jour*
6407. Luc Lang	*L'autoroute*
6408. Jean Rolin	*Savannah*
6409. Robert Seethaler	*Une vie entière*
6410. François Sureau	*Le chemin des morts*
6411. Emmanuel Villin	*Sporting Club*
6412. Léon-Paul Fargue	*Mon quartier et autres lieux parisiens*
6413. Washington Irving	*La Légende de Sleepy Hollow*
6414. Henry James	*Le Motif dans le tapis*
6415. Marivaux	*Arlequin poli par l'amour et autres pièces en un acte*
6417. Vivant Denon	*Point de lendemain*
6418. Stefan Zweig	*Brûlant secret*
6419. Honoré de Balzac	*La Femme abandonnée*
6420. Jules Barbey d'Aurevilly	*Le Rideau cramoisi*

6421. Charles Baudelaire	*La Fanfarlo*
6422. Pierre Loti	*Les Désenchantées*
6423. Stendhal	*Mina de Vanghel*
6424. Virginia Woolf	*Rêves de femmes. Six nouvelles*
6425. Charles Dickens	*Bleak House*
6426. Julian Barnes	*Le fracas du temps*
6427. Tonino Benacquista	*Romanesque*
6428. Pierre Bergounioux	*La Toussaint*
6429. Alain Blottière	*Comment Baptiste est mort*
6430. Guy Boley	*Fils du feu*
6431. Italo Calvino	*Pourquoi lire les classiques*
6432. Françoise Frenkel	*Rien où poser sa tête*
6433. François Garde	*L'effroi*
6434. Franz-Olivier Giesbert	*L'arracheuse de dents*
6435. Scholastique Mukasonga	*Cœur tambour*
6436. Herta Müller	*Dépressions*
6437. Alexandre Postel	*Les deux pigeons*
6438. Patti Smith	*M Train*
6439. Marcel Proust	*Un amour de Swann*
6440. Stefan Zweig	*Lettre d'une inconnue*
6441. Montaigne	*De la vanité*
6442. Marie de Gournay	*Égalité des hommes et des femmes* et autres textes
6443. Lal Ded	*Dans le mortier de l'amour j'ai enseveli mon cœur...*
6444. Balzac	*N'ayez pas d'amitié pour moi, j'en veux trop*
6445. Jean-Marc Ceci	*Monsieur Origami*
6446. Christelle Dabos	*La Passe-miroir, Livre II. Les disparus du Clairdelune*
6447. Didier Daeninckx	*Missak*
6448. Annie Ernaux	*Mémoire de fille*
6449. Annie Ernaux	*Le vrai lieu*
6450. Carole Fives	*Une femme au téléphone*
6451. Henri Godard	*Céline*
6452. Lenka Horňáková-Civade	*Giboulées de soleil*

6453. Marianne Jaeglé	*Vincent qu'on assassine*
6454. Sylvain Prudhomme	*Légende*
6455. Pascale Robert-Diard	*La Déposition*
6456. Bernhard Schlink	*La femme sur l'escalier*
6457. Philippe Sollers	*Mouvement*
6458. Karine Tuil	*L'insouciance*
6459. Simone de Beauvoir	*L'âge de discrétion*
6460. Charles Dickens	*À lire au crépuscule et autres histoires de fantômes*
6461. Antoine Bello	*Ada*
6462. Caterina Bonvicini	*Le pays que j'aime*
6463. Stefan Brijs	*Courrier des tranchées*
6464. Tracy Chevalier	*À l'orée du verger*
6465. Jean-Baptiste Del Amo	*Règne animal*
6466. Benoît Duteurtre	*Livre pour adultes*
6467. Claire Gallois	*Et si tu n'existais pas*
6468. Martha Gellhorn	*Mes saisons en enfer*
6469. Cédric Gras	*Anthracite*
6470. Rebecca Lighieri	*Les garçons de l'été*
6471. Marie NDiaye	*La Cheffe, roman d'une cuisinière*
6472. Jaroslav Hašek	*Les aventures du brave soldat Švejk*
6473. Morten A. Strøksnes	*L'art de pêcher un requin géant à bord d'un canot pneumatique*
6474. Aristote	*Est-ce tout naturellement qu'on devient heureux ?*
6475. Jonathan Swift	*Résolutions pour quand je vieillirai et autres pensées sur divers sujets*
6476. Yājñavalkya	*Âme et corps*
6477. Anonyme	*Livre de la Sagesse*
6478. Maurice Blanchot	*Mai 68, révolution par l'idée*
6479. Collectif	*Commémorer Mai 68 ?*
6480. Bruno Le Maire	*À nos enfants*
6481. Nathacha Appanah	*Tropique de la violence*

6482. Erri De Luca	*Le plus et le moins*
6483. Laurent Demoulin	*Robinson*
6484. Jean-Paul Didierlaurent	*Macadam*
6485. Witold Gombrowicz	*Kronos*
6486. Jonathan Coe	*Numéro 11*
6487. Ernest Hemingway	*Le vieil homme et la mer*
6488. Joseph Kessel	*Première Guerre mondiale*
6489. Gilles Leroy	*Dans les westerns*
6490. Arto Paasilinna	*Le dentier du maréchal, madame Volotinen et autres curiosités*
6491. Marie Sizun	*La gouvernante suédoise*
6492. Leïla Slimani	*Chanson douce*
6493. Jean-Jacques Rousseau	*Lettres sur la botanique*
6494. Giovanni Verga	*La Louve et autres récits de Sicile*
6495. Raymond Chandler	*Déniche la fille*
6496. Jack London	*Une femme de cran* et autres nouvelles
6497. Vassilis Alexakis	*La clarinette*
6498. Christian Bobin	*Noireclaire*
6499. Jessie Burton	*Les filles au lion*
6500. John Green	*La face cachée de Margo*
6501. Douglas Coupland	*Toutes les familles sont psychotiques*
6502. Elitza Gueorguieva	*Les cosmonautes ne font que passer*
6503. Susan Minot	*Trente filles*
6504. Pierre-Etienne Musson	*Un si joli mois d'août*
6505. Amos Oz	*Judas*
6506. Jean-François Roseau	*La chute d'Icare*
6507. Jean-Marie Rouart	*Une jeunesse perdue*
6508. Nina Yargekov	*Double nationalité*
6509. Fawzia Zouari	*Le corps de ma mère*
6510. Virginia Woolf	*Orlando*
6511. François Bégaudeau	*Molécules*
6512. Élisa Shua Dusapin	*Hiver à Sokcho*

6513. Hubert Haddad	*Corps désirable*
6514. Nathan Hill	*Les fantômes du vieux pays*
6515. Marcus Malte	*Le garçon*
6516. Yasmina Reza	*Babylone*
6517. Jón Kalman Stefánsson	*À la mesure de l'univers*
6518. Fabienne Thomas	*L'enfant roman*
6519. Aurélien Bellanger	*Le Grand Paris*
6520. Raphaël Haroche	*Retourner à la mer*
6521. Angela Huth	*La vie rêvée de Virginia Fly*
6522. Marco Magini	*Comme si j'étais seul*
6523. Akira Mizubayashi	*Un amour de Mille-Ans*
6524. Valérie Mréjen	*Troisième Personne*
6525. Pascal Quignard	*Les Larmes*
6526. Jean-Christophe Rufin	*Le tour du monde du roi Zibeline*
6527. Zeruya Shalev	*Douleur*
6528. Michel Déon	*Un citron de Limone* suivi d'*Oublie...*
6529. Pierre Raufast	*La baleine thébaïde*
6530. François Garde	*Petit éloge de l'outre-mer*
6531. Didier Pourquery	*Petit éloge du jazz*
6532. Patti Smith	*« Rien que des gamins ». Extraits de Just Kids*
6533. Anthony Trollope	*Le Directeur*
6534. Laura Alcoba	*La danse de l'araignée*
6535. Pierric Bailly	*L'homme des bois*
6536. Michel Canesi et Jamil Rahmani	*Alger sans Mozart*
6537. Philippe Djian	*Marlène*
6538. Nicolas Fargues et Iegor Gran	*Écrire à l'élastique*
6539. Stéphanie Kalfon	*Les parapluies d'Erik Satie*
6540. Vénus Khoury-Ghata	*L'adieu à la femme rouge*
6541. Philippe Labro	*Ma mère, cette inconnue*
6542. Hisham Matar	*La terre qui les sépare*
6543. Ludovic Roubaudi	*Camille et Merveille*
6544. Elena Ferrante	*L'amie prodigieuse (série tv)*
6545. Philippe Sollers	*Beauté*

6546. Barack Obama	*Discours choisis*
6547. René Descartes	*Correspondance avec Élisabeth de Bohême et Christine de Suède*
6548. Dante	*Je cherchais ma consolation sur la terre...*
6549. Olympe de Gouges	*Lettre au peuple et autres textes*
6550. Saint François de Sales	*De la modestie et autres entretiens spirituels*
6551. Tchouang-tseu	*Joie suprême et autres textes*
6552. Sawako Ariyoshi	*Les dames de Kimoto*
6553. Salim Bachi	*Dieu, Allah, moi et les autres*
6554. Italo Calvino	*La route de San Giovanni*
6555. Italo Calvino	*Leçons américaines*
6556. Denis Diderot	*Histoire de Mme de La Pommeraye* précédé de l'essai *Sur les femmes.*
6557. Amandine Dhée	*La femme brouillon*
6558. Pierre Jourde	*Winter is coming*
6559. Philippe Le Guillou	*Novembre*
6560. François Mitterrand	*Lettres à Anne. 1962-1995. Choix*
6561. Pénélope Bagieu	*Culottées Livre I – Partie 1. Des femmes qui ne font que ce qu'elles veulent*
6562. Pénélope Bagieu	*Culottées Livre I – Partie 2. Des femmes qui ne font que ce qu'elles veulent*
6563. Jean Giono	*Refus d'obéissance*
6564. Ivan Tourguéniev	*Les Eaux tranquilles*
6565. Victor Hugo	*William Shakespeare*
6566. Collectif	*Déclaration universelle des droits de l'homme*
6567. Collectif	*Bonne année ! 10 réveillons littéraires*
6568. Pierre Adrian	*Des âmes simples*
6569. Muriel Barbery	*La vie des elfes*

6570. Camille Laurens — *La petite danseuse de quatorze ans*
6571. Erri De Luca — *La nature exposée*
6572. Elena Ferrante — *L'enfant perdue. L'amie prodigieuse IV*
6573. René Frégni — *Les vivants au prix des morts*
6574. Karl Ove Knausgaard — *Aux confins du monde. Mon combat IV*
6575. Nina Leger — *Mise en pièces*
6576. Christophe Ono-dit-Biot — *Croire au merveilleux*
6577. Graham Swift — *Le dimanche des mères*
6578. Sophie Van der Linden — *De terre et de mer*
6579. Honoré de Balzac — *La Vendetta*
6580. Antoine Bello — *Manikin 100*
6581. Ian McEwan — *Mon roman pourpre aux pages parfumées* et autres nouvelles
6582. Irène Némirovsky — *Film parlé*
6583. Jean-Baptiste Andrea — *Ma reine*
6584. Mikhaïl Boulgakov — *Le Maître et Marguerite*
6585. Georges Bernanos — *Sous le soleil de Satan*
6586. Stefan Zweig — *Nouvelle du jeu d'échecs*
6587. Fédor Dostoïevski — *Le Joueur*
6588. Alexandre Pouchkine — *La Dame de pique*
6589. Edgar Allan Poe — *Le Joueur d'échecs de Maelzel*
6590. Jules Barbey d'Aurevilly — *Le Dessous de cartes d'une partie de whist*
6592. Antoine Bello — *L'homme qui s'envola*
6593. François-Henri Désérable — *Un certain M. Piekielny*
6594. Dario Franceschini — *Ailleurs*
6595. Pascal Quignard — *Dans ce jardin qu'on aimait*
6596. Meir Shalev — *Un fusil, une vache, un arbre et une femme*
6597. Sylvain Tesson — *Sur les chemins noirs*
6598. Frédéric Verger — *Les rêveuses*
6599. John Edgar Wideman — *Écrire pour sauver une vie. Le dossier Louis Till*
6600. John Edgar Wideman — *La trilogie de Homewood*

Composition Nord Compo
Impression Novoprint
à Barcelone, le 11 septembre 2019
Dépôt légal : septembre 2019
1er dépôt légal dans la collection : janvier 2012

ISBN 978-2-07-044173-0./ Imprimé en Espagne.

359803